LA METAMORFOSIS
CARTA AL PADRE
INFORME PARA UNA ACADEMIA
MEDITACIONES

Franz Kafka

Títulos: La metamorfosis / Carta al padre / Informe para una academia /
   Meditaciones
Títulos originales: *Die Verwandlung / Brief an den Vater / Ein Bericht für eine
   Akademie*
Autor: Franz Kafka

© Edimat Libros, SA
C/ Primavera, 10, nave 35
28500 Arganda del Rey
Madrid-España
www.edimat.es

Traducción:
   -Metamorfosis, Informe para una academia: Tina de Alarcón
   -Carta al padre, Meditaciones: José María Santo Tomás Colmenarejo
Introducción: Enrique López Castellón
Diseño e ilustraciones de cubierta: Karakachoff Estudio
Ilustración de cubierta: Andrés Nancul para Karakachoff Estudio

ISBN: 978-84-9794-646-9
Depósito Legal: M-26309-2024

Impreso en España - *Printed in Spain*

INTRODUCCIÓN

Una buena parte de la crítica literaria de décadas atrás insistía en la necesidad de abordar la comprensión interna de un texto excluyendo cualquier otro elemento inherente a la personalidad o a las circunstancias de sus autores. Este texto era, más bien, una oportunidad ofrecida al intérprete para que se conociera mejor a sí mismo, una piedra de toque para producir una reacción, inspirada tal vez por la sugerencia o el interrogante que se le lanzaba desde fuera. Naturalmente hay autores que saben esconder su verdadera personalidad detrás de sus textos, imaginar circunstancias completamente ajenas a las que viven y que les incitan a escribir; hay, en suma, textos sin autor aparente, poemas o relatos que parecen confirmar la muerte del sujeto. Proust no tuvo empacho en demostrar respecto a Stendhal o a Baudelaire, por ejemplo, que la apariencia de un escritor puede ocultar al más sagaz de los críticos un yo profundo que crea una obra casi sin percatarse de ello. En el caso de Kafka, por el contrario, la necesidad de la crítica interna no excusa del conocimiento de su peripecia vital. Así, Maurice Blanchot y Marthe Robert hubieron de admitir que en el caso del autor de *La metamorfosis,* la obra no es separable de la situación que expresa, que refleja, como en una serie de espejos, las contradicciones originales del hombre. Es preciso iluminar éstas últimas para adentrarse en el laberinto kafkiano y para distinguir el hilo de Ariadna que, desde la cuna a la tumba, condujo a aquel joven de aspecto frágil e impresionable que daba largos paseos solitarios por las calles de su ciudad hasta ese «vacío oscuro» donde la verdad deja de irradiar, como ese sol negro que adorna la fachada de una casa de Praga.

La obra de Kafka no es, pues, separable de su persona; no la ha conducido el autor; más bien se ha dejado conducir por ella hasta identificarse con su propia creación. Con sus obras Kafka no trata de explicar nada, sino de explicarse; no son propiamente una creación sino una plasmación que *a posteriori* busca un autor. Es la obra quien persigue a Kafka, haciendo que el amo se convierta en su verdugo y en su víctima. Desde la adolescencia Kafka renunció a la acción para ser sólo una mirada; dejó que el animal social fuese devorado por el hombre interior. En ocasiones le veremos interesarse por las mentiras de la vida en común, pero éstas nunca le apresarán; será maltratado, incomprendido e infeliz, pero jamás se mentirá a sí mismo ni renunciará a ver, pues los rayos de sus ojos fueron lo único que iluminó el «sombrío reducto» donde vivió. No se engañe el lector: Joseph K., Samsa, el agrimensor, Bendemann, Josefina la cantante, el trapecista, el ayunador o incluso Prometeo son el propio Kafka, sospechoso y culpable (de haber nacido, de existir, de pensar y hasta de amar), en busca de una ciudad que quiera acogerle. Kafka siente la necesidad de plasmar y justificar su existencia ante sí mismo y pronto comprobará la imposibilidad de realizar su intento. Esta tensión es el alma de Kafka y de sus obras, la encrucijada de la que nunca pudo salir mediante un compromiso con su padre, con su novia, con su trabajo, consigo mismo. De ese atolladero sólo podía sacarle la mentira, con la culpa subsiguiente, pero ésta no llega a ser nunca una situación duradera. Perplejo, en su lecho de muerte, todavía no pudo explicarse Kafka por qué era así.

¿Por qué quiso destruir su obra? Sin duda porque siempre quiso escribir para leerse, no para que le leyeran. Maurice Blanchot añade: «porque le parecía que su obra estaba condenada a aumentar el malentendido universal. Cuando se observa el desorden en que nos entregó esa obra, lo que nos da a conocer, lo que disimula, la luz parcial que arroja sobre tal o cual fragmento, esos textos desparramados y sin acabar, cuando se ve esa obra tan silenciosa invadida por la palabrería de los comentarios, esos libros impublicables convertidos en materia de infinitas publicaciones que recopilan intencionadamente o al azar tales o cuales textos, esa creación intemporal transformada en losa de la historia, uno acaba preguntándose si el propio Kafka había previsto que un desastre semejante iba a obtener un triunfo así». Blanchot aventura que su deseo fue quizás desaparecer discretamente, como un enigma que trata de escapar de la mirada ajena. Pero que esa discreción le entregó al público, que ese secreto le procuró la gloria.

Se ha dicho que Kafka es el cronista de la situación de desamparo del hombre del siglo XX. Pero más bien habría que decir que es el dibujante de sus pesadillas, de esas pesadillas que se olvidan al despertar pero cuyos terrores continúan determinando nuestras emociones y nuestros actos desde el subconsciente. Todos sus relatos nos transportan a un mundo onírico. Y como sucede en los sueños, la situación se presenta de improviso, sin preámbulos ni preparaciones. «Cuando Gregorio Samsa se despertó una mañana de su inquieto sueño, se encontró en la cama, convertido en un insecto gigante». Lo principal ya está dicho. Apenas la inquietud del sueño durante el que se ha operado tan terrible metamorfosis sugiere el anticipo de la espantosa situación. Poco hay más que relatar porque el argumento de los sueños suele ser breve; tan sólo expresa una situación en la que se materializa el estado de ánimo del durmiente. Como el sentimiento de incapacidad y de culpa por algo desconocido o involuntario es el estado crónico de Kafka, todos sus textos están condenados a contar lo mismo y a parecer que sólo se cuenta para expresar el significado general. El relato es el pensamiento convertido en una serie de acontecimientos injustificables, absurdos e incomprensibles y el significado que preside el relato es el mismo pensamiento persiguiéndose a través de lo incomprensible como el sentido común que le refuta.

Por otra parte, al igual que los sueños, los relatos de Kafka son fragmentarios. Todo sueño es interrumpido y cuando surge otro expresa el sentimiento que lo sustenta de forma tan distinta que parece tratar de otra cuestión. De ahí que una colección de relatos kafkianos tenga un carácter rapsódico, y que esa colección o la totalidad de sus obras sea un fragmento. Lo que falta (como en los sueños) podría explicar la incertidumbre que los hace inestables, sin cambiar la dirección, la forma y el contenido de su lectura. Ahora bien, lo que falta no es accidental, sino que está incorporado al sentido mismo que mutila; coincide con la representación de una ausencia que no se tolera ni se rechaza. «Las páginas que leemos (dice Blanchot) tienen la plenitud más extrema, anuncian una obra a la que no falta nada, y, por otra parte, toda la obra está como dada en esos desarrollos minuciosos que se interrumpen bruscamente, como si ya no tuviesen nada que decir. Nada les falta, ni siquiera esa carencia que es su objeto: no es una laguna, es el signo de una imposibilidad que está presente por todas partes y nunca se admite: imposibilidad de la existencia común, imposibilidad de la soledad, imposibilidad de mantenerse en esas imposibilidades».

La obra de Kafka anticipa, en suma, el carácter fragmentario de la filosofía posilustrada. Ante la imposibilidad de sustituir los grandes sistemas filosóficos del pasado con otros nuevos, la labor filosófica se presenta como un proyecto inacabado bien por la imposibilidad de dar coherencia a los diversos elementos que componen la totalidad o bien porque el autor se niega sinceramente a avanzar hacia una síntesis cuya construcción le obligaría a falsear los datos que maneja. Por eso dice Nietzsche que «la voluntad de sistema es una falta de honradez». En el terreno de la novela el relato pierde en extensión lo que gana en descripción minuciosa. Este es el realismo que encontramos en los relatos kafkianos. Aquí lo importante no es la historia que cuenta ni la diversidad psicológica de los personajes, sino la situación en sí y el estado de ánimo que plasma. Al novelón del romanticismo y del naturalismo le sustituye el relato corto que se atiene a la preceptiva de Poe reformulada por Baudelaire, y al tratar de describir una realidad que produce un estado de ánimo, la literatura se aproxima a la filosofía existencialista y recoge su tesis radical: el hombre es un ser finito, es decir, limitado en su capacidad y en sus poderes, «arrojado al mundo», esto es, abandonado al determinismo del mundo que puede hacer nulas sus posibilidades, y en lucha incesante con situaciones que pueden conducirle al fracaso. Por estos aspectos, ya desde sus inicios, el existencialismo se halla vinculado a ciertas manifestaciones literarias en las que aparece más vivo el sentido de la problematicidad de la vida humana. La obra de Dostoievski y la de Kafka son dos de esas manifestaciones. En el primero siempre se halla presente y operante el problema del hombre que elige de continuo las posibilidades de su vida y las realiza, cargando con el peso y la responsabilidad de esa puesta en práctica. En cuanto a Kafka, su obra trasluce el sentido negativo y paralizante de las posibilidades humanas, que Kierkegaard, el filósofo danés al que leyó con entusiasmo, ya había puesto en claro. Toda la existencia humana aparece a los ojos de Kafka bajo el peso de una inminente condena: bajo la amenaza inasible e inconcretable, pero cierta e ineludible, de la insignificancia y de la nada, amenaza que se interrumpe y acaba con la muerte *(El proceso);* el tema de la llamada incesante a una realidad estable, segura, luminosa, que continuamente se promete y anuncia al hombre y continuamente le elude y se escapa *(El mensaje del emperador, El castillo);* el tema de la caída en la insignificancia y la trivialidad cotidiana, que arrebata al individuo incluso su identidad humana *(La metamorfosis);* todos estos temas son la expresión literaria de lo que el existencialismo tratará de aclarar conceptualmente en sus análisis tras la guerra mundial.

El absurdo de la existencia y la soledad del hombre son otras obsesiones que Kafka comparte con el existencialismo. Desde sus primeros relatos, las obras de Kafka traducen una verdad interior opuesta a la lógica ordinaria, expresan algo más profundo que la conciencia y exigen a la razón que guarde silencio. Sin embargo, esta concepción del arte no es original en la literatura alemana. También para los románticos alemanes el relato sin lógica aparente, movido por un azar interior, había sido una necesidad; Jean-Paul Richter lo había definido en su *Poética,* ilustrándolo con la *Princesa Brambilla.* Ahora bien, este precedente no justifica una identificación. El absurdo kafkiano relativo al individuo o la mitología de *El proceso* y *El castillo* no es el equivalente del ilogismo de la narrativa romántica, del «Märchen» («cuento de hadas») que cultivaron en Alemania Novalis, Tieck, Hoffmann y Jean-Paul. En esta actividad creadora el escritor no copia el mundo ni trata de corregirlo ni de explicarlo; se declara insatisfecho y sufre. Ese dolor, además, es inefable: se experimenta en soledad. La situación desdichada donde Kafka descubre lo que le hace «vidente» (por recoger la palabra de Rimbaud) es la soledad: soledad familiar, malentendido entre él y su padre, separación de la comunidad judía, y por ello, exilio moral y religioso, y, por último, esa soledad que Kafka convierte en una «pasión», esto es, en esa prueba durísima a la que llamará celibato y en la que verá el drama de su vida crucificada. Tampoco Kafka eligió esa forma de existencia. Prefirió que los hechos decidieran por él, pues sabía que toda elección incrementa el peso de la culpa. Por ejemplo, el diagnóstico de su enfermedad mortal le ayudó a romper su compromiso matrimonial. Max Brod, el amigo que mejor le conoció, señala que su rasgo más acusado era «la incapacidad para dominar su propia vida».

Lo importante es que quien parece que vivió a merced de los acontecimientos que marcaron su existencia fuese capaz de plasmar el escenario europeo del siglo XX que tantos autores posteriores a él reconocieron: un pasillo largo y recto, con las paredes desnudas, una escalera que nunca termina; una puerta, al fondo, desgraciadamente cerrada con llave; la lentitud y las complicaciones de la burocracia, las situaciones absurdas e incompresibles, una luz dura y metálica que baja del techo e ilumina los desconchones por donde caminan insectos, archivos repletos de legajos polvorientos, calles adoquinadas que brillan grises bajo la luna y una llovizna interminable, todo forma parte de la arquitectura de las pesadillas modernas. Tales pesadillas son básicamente urbanas. A Kafka le interesan las figuras de un médico y de un maestro rurales porque son personajes singulares para él. Los poetas de la vida moderna (Baudelaire en París, Kafka en Praga, Böll en Colonia), perdidos en asentamientos vitales que se han formado de innumerales sedimentos y superposiciones históricos y culturales, deambulan por microcosmos artificiales, cuyos límites les protegen y les aprisionan. Como a Baudelaire, a Kafka no le interesa la naturaleza sino el hombre en relación consigo mismo y con la civilización urbana que ha venido a sustituir el mundo natural para separarle de él. Ahora bien, la belleza que falta en los paisajes, falta también en la ciudad que Kafka convierte no en un decorado sino en un elemento activo del destino de su héroe. Hasta en sus relatos de juventud, donde todavía aparece Praga con sus calles y sus monumentos, la ciudad real es despojada de todos los adornos que le han hecho célebre, pero que ya no pueden servir de coartada. Más tarde, Praga perderá hasta su nombre: la ciudad de *El proceso* se sitúa en una zona perfectamente neutra donde la belleza o la fealdad no cuentan. Sin embargo, es imposible acceder a Kafka desconociendo la circunstancia urbana que le condicionó.

PRAGA, FIN DE SIGLO

Durante la mayor parte de la vida de Kafka, Praga, capital del reino de Bohemia, era, tras Viena y Budapest, la tercera ciudad del imperio austrohúngaro regido por el káiser Francisco José. Al carecer de límites naturales concretos, la región donde se sitúa la ciudad ha estado siempre abierta a las invasiones de los pueblos circundantes. Alguien ha definido a Praga como «una fabulosa historia en piedra edificada a lo largo de millones de años». Pero tal vez fuera más exacto sustituir el adjetivo «fabuloso» por «kafkiano», o lo que es lo mismo a un mito que se diluye en el sueño o en la alegría irresponsable, sobreponer una realidad que cada cual sufre como propia y que siempre termina en lo inexplicable y en la frustración. En esta clave pueden interpretarse como cualidades, o al menos como una necesidad, la resignación, la aceptación (que puede parecer pasiva aunque no lo sea), el escapismo a través de un trágico sentido del humor al que tantas personas reducen, en un exceso de simplificación, el espíritu y la psicología de los checos. A lo largo de la antigua Checoslovaquia ha marcado un hito en sus actividades colectivas, las cuales, bajo el signo de la resignación y contra el propio significado de la palabra, han empuñado la bandera de la contestación y la revuelta. Este vivir paradójico, a la sombra de la contradicción, es lo que plasmó Kafka a la perfección en su obra universal.

En el siglo XIV con el rey de Bohemia, Praga se convirtió en el eje cultural de Europa central y erigió construcciones de excepcional hermosura. La región y su capital, desmarcándose de la cultura alemana católica y señorial trató de buscar su propia identidad nacional en el lenguaje de sus campesinos y en la revolución religiosa, social y económica de Jan Hus, un profesor universitario que con su muerte en la hoguera se convirtió en mártir de una «idea nacional» que fue una y otra vez reprimida hasta que con la derrota de la Montaña Blanca (1620), Bohemia se quedó durante trescientos años sin ejército nacional, sin independencia política y con sus tierras divididas entre germanos y magiares.

Ahora bien, además de ser el tercer punto de apoyo del trípode austrohúngaro, Praga forma, desde la Edad Media, un triángulo mucho más sugerente con las ciudades de Turín y Lyon. Se trata de un ámbito mágico, reino diabólico según la creencia ancestral donde puede ocurrir cualquier cosa inesperada y sobrenatural. Su silueta de cúpulas, estatuas y torres, sus panoramas fluviales, su ciudadela empinada, su mercado antiguo resonante de músicas y voces, parecen esfumarse en el vacío cuando la luna se enseñorea de sus laberínticas calles y escaleras iluminadas con la luz de otros tiempos, y los misterios asustan al transeúnte que se aventura a no oír más que el sonido de sus pasos. Kafka, que tan aficionado fue a estos paseos solitarios y nocturnos por su ciudad natal, captó el alma de Praga con mayor hondura que Wagner, Rodin, Rilke, Goethe o cualquier otro de sus panegiristas que se limitaron a señalar su singularidad o a alabar la belleza de sus monumentos.

En el límite de los dos últimos siglos, el núcleo urbano de Praga contaba con doscientos treinta mil habitantes pero la intensa emigración campesina de habla checa que se había establecido en su periferia elevaba su población a seiscientas mil almas. Se había creado, así, un ámbito humano peculiar: los alemanes ocupaban los puestos más importantes de la jerarquía social, pero ya no representaban más que el siete por ciento de la población total y parecía un grupo en trance de absorción. La vida intelectual de esta alta burguesía alemana se reducía a cultivar alguna afición artística y a desoír los gestos de provocación de la joven generación germanófona contra una inercia cultural que se mostraba insensible a la influencia creciente de la cultura checa. Como mecanismo de prevención, los checos eran raras veces admitidos en los círculos alemanes. Kafka fue en esto una excepción, posiblemente porque hablaba y escribía en alemán y dominaba el checo a la perfección.

En medio de estos dos grupos, los judíos ocupaban una posición particularmente ambigua y recibían el rechazo de las dos comunidades, pese a que más de la mitad de los germanohablantes eran judíos. Se concentraban éstos en dos barrios: Altstadt, con treinta y seis mil habitantes y Josefstadt con cuatro mil, de suerte que en el centro la lengua dominante era el alemán mientras que en el resto de la ciudad se hablaba casi exclusivamente el checo. El alemán hablado en Praga era un idioma de manual, de vocabulario limitado y sin influencia dialectal: ésta fue la lengua materna que Kafka, que apenas vivió o trabajó fuera de aquellos barrios más céntricos de Praga, cultivó en sus escritos, ayudado por su amigo Max Brod que le corregía sus errores ortográficos.

Por otra parte, la intensa vida cultural apenas podía disimular la precaria situación política: la agitación contra la burguesía liberal, protagonizada por estudiantes provenientes en su mayoría de zonas germano-bohemias muy sensibilizadas ante la cuestión nacional, la de los obreros contra la explotación capitalista y la de los checos contra la dominación económica y política de los alemanes. Tras los tumultos de diciembre de 1891, de inspiración nacionalista, los judíos, poco afectados por la cuestión hasta entonces, se vieron en medio de dos bandos. Dado su proverbial sentido práctico procurarían pasar como viajeros sin billete a través de las disputas entre nacionalistas. Entre principios de siglo hasta bien avanzada la guerra europea, Praga fue gobernada, de manera casi permanente, por decreto desde Viena, en un proceso sacudido intermitentemente por virulentos episodios de reivindicación del sufragio universal, que acabó introduciénd se en 1907, aunque sólo para los varones. En octubre de 1918 se proclamó la República Checoslovaca, con Praga como capital.

Kafka vivió Praga como una ciudad profundamente dividida entre una clase superior (alemana, integrada por la aristocracia, el ejército y la industria, de orientación conservadora cuando no abiertamente reaccionaria), una clase baja (checa, de tendencias nacionalistas y democráticas), y entre ambas una exigua clase media, de recursos más bien limitados, de origen alemán, judío y, en menor medida, también, checo. Esto explica que los judíos estuviesen constantemente a la defensiva. Al barrio religioso situado en torno a sus sinagogas había sucedido un gueto sociológico, donde los vínculos sociales y culturales habían sustituido a la fe y las relaciones comerciales habían ocupado el lugar de los lazos confesionales. La generación joven estaba casi desheredada, que es como Kafka se consideró a sí mismo. Bien es cierto que en su caso las relaciones entre el padre y el hijo eran extremadamente tensas, pero el autor, dividido entre el amor y el odio, tendió demasiado a ver en este dilema el reflejo de un destino personal, pese a que toda una generación se hallaba en el mismo estado. Este aislamiento paternal se reforzó en su caso con el obstinado rechazo de Kafka a buscar refugio en un partido político, en un movimiento cultural o en un grupo religioso. Su terror a contraer cualquier compromiso que cercenara sus posibilidades se halla a la base de este aislamiento. Se condenó, así, a quedar relegado a una zona fronteriza entre la soledad y la vida en común que el autor consideraba en su diario, tres años antes de su muerte, «menos viva y hermosa todavía que la isla de Robinson». Su equiparación con la inmobilidad forzada del héroe de la novela era ajustada porque ya a los dieciocho años Kafka declaraba: «Praga no te suelta. Menudas zarpas tiene la madrecita». Efectivamente, en el curso de su breve vida, apenas si salió de su ciudad natal: diversos desplazamientos profesionales, un viaje de formación, un buen número de estancias en balnearios y sanatorios, medio año en Berlín casi al final de sus días y algunos veranos en el campo de

Bohemia en casa de unos parientes. En compensación, vivió en muchas casas de Praga, con sus padres o solo: fruto del deseo de subir en la escala social por parte de su progenitor y resultado de la búsqueda incesante de un lugar tranquilo donde escribir por parte de él mismo.

INFANCIA Y FORMACIÓN

Kafka nació en Praga el 3 de julio de 1883, en pleno centro del barrio comercial, entre las dos zonas eminentemente judías. Era el primer hijo de Julie Kafka (Löwy de soltera). El apellido Kafka, derivado de Kavka, significa en checo «corneja» y una silueta de este pájaro era el logotipo de la firma Hermann Kafka, padre del escritor, un comerciante judío, ambulante primero y con tienda elegante después, que había alcanzado una sólida posición a partir de unos orígenes muy humildes. Procedente del sur de Bohemia, era uno de los judíos con lengua y cultura alemanas que se habían instalado en Praga durante la época de José II. El abuelo del escritor era un carnicero de Wossek que apenas pudo salir de la pobreza. De ahí que Kafka siempre admirara a su padre «por su trabajo tenaz y prudente que pese a los dolores y a los sacrificios había logrado fundar una vasta familia y asegurar su existencia». Viendo a su padre demasiado distante, nunca hubo una comunicación sincera entre ambos, lo que hizo que el escritor se refugiara entre sus pocos amigos y sus libros, sin implicarse nunca en el negocio familiar que ocupaba también a su madre. Ésta había dejado el cuidado de sus hijos en manos de criadas no muy afectuosas. El negocio de su esposo (sombreros, paraguas, cinturones, bisutería, bolsos y otros artículos de moda) requería una presencia femenina, y Julie pertenecía a la burguesía culta de Praga, con médicos y rabinos entre sus antepasados y un padre dedicado a la fabricación de cerveza que le aseguraba la solvencia económica.

Kafka fue el mayor de seis hijos pero los otros dos varones murieron antes de aprender a andar «por culpa de los médicos» según la tradición familiar, quedando sólo tres hermanas. La menor, Ottla (Otilia), fue la que más se acercó al primogénito a lo largo de su vida hasta convertirse en su confidente y casi en su discípula. Estas tres mujeres serían asesinadas por los nazis debido a su origen judío. Pese a la falta de entendimiento con su padre, Kafka acompañó siempre a su familia en las distintas casas de Praga donde vivieron a tenor de su ascenso social. En los primeros años de su vida el niño sufrió cinco cambios de domicilio, desde la humilde vivienda situada en el límite del barrio judío hasta el soberbio piso que compró su padre en 1889 en la calle más señorial de Praga. El movimiento continuo de un escenario a otro fomentó en Kafka el extrañamiento, al tiempo que la tajante diferencia entre el mundo de la vigilia y el de los sueños se hizo borrosa como si ambos fueran gobernados por leyes arbitrarias. A esta arbitrariedad contribuyó la actitud de su padre que prohibía a sus hijos rechazar la comida y al mismo tiempo la mandaba a la cocina entre gritos e insultos si no resultaba de su agrado.

Cuando cumplió seis años inició sus estudios primarios en la escuela municipal del Mercado de la Carne. El recorrido de su casa a esta escuela era relativamente pequeño, pero la corta edad del niño obligaba a que durante el primer año fuera acompañado por la cocinera de su madre. En una de sus cartas a Milena recordará Kafka este «tormento» diario: «Al salir de casa la cocinera decía que le contaría al maestro lo mal que me había portado. Probablemente yo no era capaz de portarme mal, pero era lo bastante obstinado, inútil, melancólico y antipático para que con todas esas cualidades la cocinera ofreciese un retrato negativo de mí al maestro.» Después de cuatro años en la escuela primaria, hizo su examen de ingreso en el Instituto Estatal de Enseñanza Media y pasó a cursar estudios en este centro considerado el más notable de la ciudad donde se impartían las clases en alemán. Aunque se trataba de una enseñanza de corte clásico, no daban clases de música ni de arte, como tampoco de lenguas modernas (Kafka aprendió francés y más tarde algo de inglés y de italiano con profesores particulares). El niño era discreto y reservado, y sus notas no superaban la media de sus compañeros, salvo las de matemáticas que siempre eran más bajas. En cambio frecuentaba la biblioteca y en su último curso leyó a Nietzsche, a Darwin y a Haeckel, interesándose además por las ideas políticas del socialismo. Muchas veces la biblioteca era el escape favorito de un adolescente que debía sentirse sumamente singular: en medio de una población checa bajo la ocupación austrohúngara, hijo de un judío de habla alemana y al abrigo precario de una familia de tradiciones y creencias muy arraigadas, aunque no practicara su religión.

Algunos veranos sale del sofocante ambiente familiar para refugiarse con la familia de su madre en Triesch, en Bohemia, donde su tío ejercía de médico. Kafka se inspiró en él para uno de sus relatos. Cuando ya es bachiller, y sin que se cumplieran sus temores de que, dada la «incapacidad insólita» que padecía, nunca podría graduarse, pasa las vacaciones en las islas Norderney y Helgoland en el mar del Norte, y en 1901 inicia sus estudios en la Universidad Estatal de Praga: quince días estudia química, seis meses filología germánica, y por fin, la carrera completa de Derecho. Es de advertir que, junto a la carrera de Medicina, la de Derecho era la que mejores perspectivas profesionales ofrecía a los judíos. Kafka buscaba una profesión que le asegurase un medio de vida y que no le quitara mucho tiempo de su dedicación a la literatura. Por esto no había querido trabajar en el negocio de su padre ni posteriormente en el de su cuñado. Cursó, pues, la carrera de Derecho en un centro de lengua alemana, la Universidad Karl-Ferdinand de Praga. Tras la división de esta Universidad en 1882, se asignó a la Facultad de Derecho el edificio del Carolinum, un recinto imponente y algo tétrico, donde los estudiantes alemanes entraban por una calle y los checos por otra. Entre 1901 y 1906, Kafka asistirá también a clase en el Departamento de Ciencias Jurídicas y Ciencias Políticas, donde siguió cursos sobre medicina forense, economía, estudios financieros, estadísticos y ciencia política, amén de las asignaturas clásicas de la carrera de Derecho. Junto al Carolinum estaba el Teatro Regional, adonde iba con asiduidad, al igual que a los cines y cafés de la zona, y a las veladas de la Casa del Unicornio, domicilio de Berta Fanta, esposa de un farmacéutico. En el Círculo de las Lecturas y Conferencias de los Estudiantes Alemanes de Praga, asociación de inspiración liberal, fue perito literario.

Sus clases no le impiden asistir al curso de sociología de Alfred Weber y al de filosofía de Anton Marti (un discípulo de Brentano), ni de asistir a las tertulias del Café Louvre donde trabó amistad con Karl Kraus, Oskar Baum, Felix Weltsch y Rudolf Illowy. No tiene nada de real la imagen de un Kafka introvertido, huraño y poco sociable, aunque, eso sí, fue un infatigable lector, interesado por la vida íntima de los grandes autores. De ahí que devorara los diarios de Hebbel, Grillparzer, Byron y Amiel. Le encantaba la novela francesa, que podía leer en sus ediciones originales, sobre todo Flaubert y Stendhal, y se deleitaba con los *Pensamientos* de Pascal. En sucesivas etapas de su juventud fue descubriendo y leyendo a Hamsun, Hofmannsthel, Mann, Stifter, Dostoievski, Tolstoi, Strindberg, sin olvidar, naturalmente, a Goethe, a quien admiró toda su vida.

Aunque no participó directamente en ninguna forma de lucha política, estudió con predilección a Kropotkin y Bakunin y frecuentó mucho las reuniones de los anarquistas checos de Praga. Tenía amistad con su líder Kacha y con Mares, cuyos recuerdos publicó Wagenbach en sus *Años de juventud*. Su adhesión relativamente tardía al sionismo es, cuando menos, un reflejo parcial de su rebeldía contra un orden establecido cuya imagen más dolorosa era Praga. En la época final de su vida redactó un proyecto de «Comunidad de Trabajadores Desposeídos» que evoca la organización de los kibutzs de Israel.

En estos años de estudiante universitario traba amistad con Oskar Pollack, un joven muy dotado para la historia del arte que murió durante la guerra europea. En esta etapa conoció a quien sería su amigo leal, su biógrafo y el que, después de la muerte de Kafka, editará sus obras, salvándolas del fuego al que estaban destinadas por su autor. Me refiero a Max Brod, miembro también de una «corporación de estudiantes alemanes liberales». Brod describía a su amigo de estos años así: «La franqueza absoluta era el rasgo más impresionante de su carácter. Otro era el escrúpulo extremo que aportaba al examen de los hechos... Junto a eso, se mostraba como una persona atrevida: era buen jinete, buen nadador, buen remero. Sus escrúpulos no se debían, pues, a una hipotética cobardía sino a una conciencia aguda de la responsabilidad».

Durante varios años, Brod ignoró algo que todavía no hemos dicho aquí: que su mejor amigo escribía a escondidas. «Nos sentíamos los dos francamente atraídos por la actividad literaria, pero no queríamos confesárnoslo; además, nos habíamos forjado una idea demasiado elevada del arte y eso nos impedía ver cualquier relación entre éste y todo lo penoso que implicaba la idea de ganarse la vida». Cuando conoció las primeras obras de cierta importancia, Brod admiró el genio de Kafka y trató de darlo a conocer en los medios literarios de la capital checa, a menudo sin encontrar ningún eco. Durante toda la vida del autor, luchó contra la aversión que sentía su amigo por publicar sus escritos. No sabemos cuántos de éstos destruyó, ni cuántos desaparecieron en los cajones de las mesas de editores de poca monta. Si Brod no hubiera salvado las obras póstumas de su amigo, los nazis las hubieran destruido durante la ocupación de Praga.

Kafka pasó dos veranos en Zuckmantel, en Silesia, donde conoció a una joven, de la que nada sabemos, pese a ser una de las dos mujeres con las que Kafka confesó haber tenido una verdadera amistad. Durante el último ejercicio del doctorado, en el verano de 1906, Kafka estuvo ya trabajando unos meses en un bufete del centro de la ciudad. En octubre le encontramos ejerciendo la pasantía de un año en los juzgados preescrita para los licenciados en Derecho que tuviesen previsto trabajar en la administración pública; en conjunto, seis meses en los juzgados de lo civil y otros seis en los juzgados de lo penal. Los abogados en prácticas solían ejercer de pasantes de los magistrados en el estudio de los sumarios de los juicios orales. El autor es un joven inteligente, lúcido, pesimista, atento y cortés, cuyas aptitudes artísticas admiran sus amigos sin que se expliquen por qué no las explota. Tiene la cultura y el espíritu del literato, pero no sus defectos, pues se comporta de manera humilde, espontánea y natural, sin la arrogancia ni la teatralidad de los principiantes. En esto se parecía a Proust, sin ambiciones literarias aparentes y sintiendo poca atracción por los bienes de este mundo. Sin embargo, de la menor dificultad hacía una montaña que le agobiaba. Así, a la divisa que Balzac se había hecho grabar en su bastón («Rompo todos los obstáculos»), Kafka oponía esta otra divisa: «Todos los obstáculos me rompen». Y es que el alma del escritor era tan rica y brillante pero a la vez tan frágil, como el cristal de su Bohemia natal.

EL DILEMA KAFKIANO

Estamos en 1907, Kafka piensa que si ha de buscarse un medio de vida, al menos que sea fuera de Praga y que su puesto de trabajo le permita salir del domicilio familiar donde la actitud de su padre le resulta insoportable. Para su desgracia, ha de conformarse con trabajar el día entero en la sucursal que tiene en Praga la compañía italiana de Seguros Generales. Durante unos meses el trabajo no le deja tiempo más que para descansar. Afortunadamente unos meses después ingresa en la Compañía de Seguros Obreros contra los Accidentes, donde trabajará toda su vida, alcanzando pronto un puesto importante gracias a su competencia y a su amabilidad. Kafka buscaba un lugar en la administración del Estado que le empleará media jornada para disponer de las tardes y dedicarlas a la literatura. Pese a que los judíos no tenían acceso a estos puestos, sus estudios especializados y una buena recomendación le ayudaron a satisfacer su deseo.

En un principio, su trabajo consistió en clasificar los centros laborales según su siniestralidad, lo que incluía la inspección obligatoria a las empresas. Posteriormente se ocupó de la redacción de alegaciones a recursos de las empresas, de las actuaciones ante los tribunales representando a la mutualidad en pleitos por fraude en la cotización, reclamación de indemnizaciones y prevención de accidentes. Este trabajo tenía, pues, una dimensión de ayuda social a los más débiles que respondía a la sensibilidad del escritor. De ahí que su trabajo fuera considerado excelente y que gozara de la estima y la amistad de todos. Recordando estos años, escribió: «Con qué humildad venían los obreros a pedirnos las cosas; en lugar de tomar la mutualidad al asalto y destrozarlo todo». Pese a todo, su oficina se convertirá pronto para él en «un espanto» que por «un miserable documento» le impedía dedicarse a sus labores literarias.

El puesto alcanzado era, en suma, de bastante responsabilidad pero a Kafka le obsesionaba la esterilidad de su trabajo material. Durante algún tiempo, estuvo durmiendo la siesta y escribiendo por la noche, aunque este plan resultó tan incompatible con su sistema nervioso que llegó a odiar su trabajo. Poco después de conseguirlo escribía en una carta: «Mi empleo me resulta intolerable porque frustra mi único deseo y mi única vocación que es la literatura. Como sólo soy literatura y no puedo ni quiero ser otra cosa, mi empleo no podrá nunca entusiasmarme, aunque podría muy bien desequilibrarme por entero. Y no está lejos de hacerlo». La experiencia de la burocracia le inspiró los elementos de esa simbólica del absurdo que encontramos en *El proceso* y en *El castillo*. Max Brod, que le conoció tan bien, explica: «Fue el tipo de trabajo y no el complejo paterno el germen de la evolución que le condujo cada vez más hondamente al corazón del sufrimiento, antes de llevarle a la enfermad y a la muerte». Los jefes de Kafka, comprensivos y tolerantes, guardaron buen recuerdo de este empleado puntual y meticuloso, pero no pudieron impedirle pensar que «todo director está descontento de sus empleados», y que «la diferencia entre empleados y directores es tan grande que no puede compensarla la simple obediencia de los primeros».

En medio de este purgatorio, que Kafka convertía en un infierno, sus dos o tres semanas de vacaciones anuales significaron una válvula de escape que le llevó a viajar por Europa acompañado de amigos, casi siempre con Max Brod. En estos años recorrió Alemania, Italia, la costa del Adriático (la playa de Riva), los lagos italianos e incluso París. También en estos años empieza a publicar en la revista *Hyperión,* primero, bajo el título de *Meditación,* varios relatos cortos; luego *Conversación con el devoto* y *Conversación con el borracho.* En el bar Kochba conoce a escritores como Buber, Pick, Baum y Werfel que quedaron impresionados «por la densidad incansable de su pensamiento y constante originalidad».

En 1911 la compañía teatral de los judíos de la Europa oriental comienza en Praga una actividad escénica bajo la dirección de J. Löwy, en cuyas giras por el país colaborará Kafka. Éste, que no había recibido formación religiosa alguna, comienza a interesarse por la literatura del hasidismo, secta hebrea creada en Polonia en el siglo XVIII, y sobre todo por sus aspectos místicos. Como dijimos antes, la hospitalaria Berta Fanta prestaba su salón para que se dieran conferencias sobre temas que siempre interesaban a Kafka: Teoría Cuántica, Psicoanálisis, Teoría de la Relatividad... Intensifica su actividad literaria escribiendo *Diarios de viaje, La desgracia del soltero, Decisiones, El paseo improvisado,* e incluso inicia con Max Brod una novela, *Ricardo y Samuel,* que nunca acabarán. Este mismo año realizó el padre la última tentativa de que su hijo se familiarizase con el mundo de los negocios que le podría reportar mejores condiciones de vida que su trabajo administrativo. Mediante una aportación de capital quiso asociarle con el marido de su hermana en una fábrica que regentaba, lo que provocó frecuentes discusiones. Al no poder enfrentarse a su padre el escritor pensó seriamente en el suicidio, precisamente cuando sus obras más maduras empezaban a gestarse en su imaginación. Ya había redactado *La condena, La metamorfosis* y *El desaparecido* (luego con el título de *América).*

Conoce en casa de Brod a una chica de Berlín llamada Felice Bauer, que le impresionará hondamente y con la que llegó a prometerse en matrimonio y a romper su compromiso en varias ocasiones. Su relación más intensa se redujo al cruce de abundantes e interminables cartas. En este aspecto suele señalarse que tanto para Kafka como para Kierkegaard, el ejemplo del padre inspira su visión del matrimonio: la plenitud de la autoridad patriarcal se perfila tras la imagen del hogar familiar. Recordemos el itinerario de Kierkegaard a quien Kafka tomó por modelo. A la mañana siguiente de la muerte de su padre, el filósofo danés, que pensaba ser pastor de su iglesia, inició un noviazgo con Regina Olsen. Pero inmediatamente su alegría se vio desplazada por unas dudas tan terribles que le impidieron llegar al matrimonio. «Lo único que me consuela, escribió en su diario, es que podría estar en trance de muerte y, en el último momento, confesar este amor que nunca me atreveré a confesar mientras viva y que ha constituido en el mismo grado mi dicha y mi desgracia».

Kafka habla del matrimonio con admiración: «Casarse, fundar una familia, aceptar todos los hijos que nazcan, hacer que vivan en este mundo inseguro y hasta guiarles un poco, si es posible... estoy convencido de que este es el grado máximo que puede alcanzar un hombre». Al mismo tiempo, le horroriza la soltería. Reducido a su propia existencia, «sin pasado ni futuro», el soltero sólo tiene el instante, ocupa en la vida un espacio cada vez más reducido, y cuando muere, «el ataúd corresponde exactamente a su medida».

Teniendo en cuenta esta postura, entenderemos que Brod fue un instrumento del destino cuando presentó a Kafka a su amiga Felice Bauer. Las innumerables cartas que se cruzaron acabaron haciendo ver a ella que el escritor era más hábil explicándose que comprometiéndose. Las dudas de Kafka duraron casi cinco años, durante los cuales su espíritu, como el de Kierkegaard o el de Amiel, no dejó de imaginarse las ventajas y los inconvenientes de las dos soluciones posibles. Al principio coincidían los elogios a la soledad con las alabanzas al matrimonio, pero a la postre siempre tuvieron más peso los primeros que las segundas. Ello no quiere decir que éste no sea uno de los períodos creativos más importantes de Kafka, pues en su cerebro bullían sin cesar imágenes y temas. Si pudiera estar seguro de conciliar la producción literaria con la vida en pareja, se inclinaría por ésta. En julio de 1913 hace un largo y concienzudo balance de los pros y los contras de su posible boda. «Ineptitud para soportar la vida solo, escribe, esto no quiere decir ineptitud para vivir solo, al contrario, incluso es improbable que pueda vivir con alguien, pero soy incapaz de soportar solo el asalto de mi propia vida, el ataque del tiempo y de la edad, la vaga afluencia de mi deseo de escribir, el insomnio, la cercanía de la locura. Solo, soy incapaz de soportar todo eso, aunque he de añadir inmediatamente quizás. Mi unión con Felice dará fuerza y resistencia a mi vida». Pero a continuación señala: «Necesito mucho la soledad. Todo lo que he logrado no es más que un éxito de la soledad. Odio todo lo que no concierne a la literatura. Me aburren las conversaciones y el hacer visitas; las alegrías y las penas de las personas de mi familia me aburren hasta el fondo de mi alma». «Solo, podría dejar algún día mi trabajo; casado, jamás. Todo lo que diera a la mujer se lo robaría a la literatura».

Por otra parte, le horroriza la unión carnal por obligación y como hábito. «El coito, dice, es el castigo por la felicidad de vivir juntos». Todo ello hace que siempre que rompa un compromiso matrimonial se sienta con pena pero también con alivio. Por eso, día tras día Kafka se encierra en una contradicción sin salida, en un laberinto mental, preso en el dilema del horror a la soledad y el miedo al matrimonio, entre el temor a decepcionar a su novia si la abandona y el de destruirla si se casa con ella. Como las madres de Lamartine y de Proust, la de Kafka pensaba que el matrimonio y los hijos reducirían el interés excesivo de su hijo por la literatura, dejándolo en «esa dosis que necesitan las personas cultas». Cuando oyó esto Kafka, que aún esperaba el día en que se enamoraría repentinamente de una joven, comenzó a acariciar la idea de que «si se quedara soltero, como su tío de Madrid, tampoco sería una catástrofe». Así, cada día que pasa se va atando más a una soledad que se convierte en parte esencial de su vida, en el clima espiritual que precisa para vivir en el extraño mundo que entreve.

Por estas fechas todavía es capaz de huir de su dilema frecuentando los fines de semana cabarets, *music-halls* y cafés literarios. Iba semanalmente a remar al río para luego nadar un buen rato en la piscina. Sobre todo pasea mucho por Praga, normalmente solo. Su aspecto es frágil y su salud le crea preocupaciones que intenta superar con diversas prácticas higiénicas y ascéticas; es vegetariano, no bebe ni fuma, duerme en una habitación fría en invierno, apenas se abriga, se baña en aguas heladas y pasa una parte de sus vacaciones en colonias naturistas. En un momento se sintió atraído por la antroposofía y fue a ver al doctor Steiner. La descripción que hace de esta visita en su diario muestra hasta qué punto un escepticismo lúcido e irónico mitigaba su fe.

Es de advertir que antes de 1911, Kafka no daba a sus relatos el valor de leyenda ni el carácter simbólico que marcarán sus obras de madurez. Para él la escritura se confunde con la pasión del hombre entregado a los tormentos de la violencia y de la poesía. Hay que contemplar el mundo, incluidos los más ínfimos accidentes de ese mundo para saber lo que hay detrás. «Se fotografía a los objetos con su espíritu. Mis historias son un modo de cerrar los ojos», confiesa a Janousch. En esto Kafka es un romántico tardío, que se inmola al arte por entenderlo como una religión, con sus arrebatos, sus visiones, su ascesis y sus noches oscuras.

En enero de 1913 publica en una editorial de Leipzig su colección titulada *Meditación,* a la que ha añadido varios relatos. Va a Berlín a visitar a Felice con quien se ha prometido; luego conoce Viena y Venecia, y tiene una aventura sentimental con una muchacha suiza de dieciocho años. Al año siguiente estalla la guerra europea. Por su débil constitución física y por ocupar un puesto de funcionario en una institución paraestatal el autor queda exento del servicio militar. Traba amistad con el poeta y dramaturgo Ernst Weiss cuya obra admiraba. Su amistad con Brod se debilita pasajeramente por sus divergencias respecto al sionismo. Brod, coherente con su condición judía, acabará sus días en Palestina. Para Kafka el sionismo era, como el nacionalismo checo, una identidad posible que nunca logró vencer su desarraigo. Es el momento de su mayor actividad literaria, de la que hace balance al final de este año, consignando los textos por acabar: *El proceso, Recuerdo del ferrocarril de Kalda, El maestro de escuela rural, El sustituto* y otros fragmentos más breves. Incluso aprovecha sus quince días de vacaciones anuales para dedicarse a escribir. Precisamente este verano abandona por vez primera la casa de su padre para dejar sitio a una de sus hermanas y a su familia porque su marido ha sido movilizado. Paradójicamente su mayor confidente ahora es Greta Bloch, una amiga de su novia a la que escribe, según su costumbre, largas cartas. Esta redactando *El proceso* y en la heroína de este famosísimo relato plasmará muchos rasgos de Felice, a quien volverá a encontrar en Bodenbach al año siguiente. Kafka vuelve a entablar un compromiso matrimonial con ella, después de haberlo roto: teme siempre que fundar una familia le exija mayores ingresos y una merma considerable del tiempo dedicado a la creación literaria. En relación con esto, escribe en su diario: «Creo imposible que podamos entendernos alguna vez, pero no me atrevo a decírselo ni, en el momento decisivo, a decírmelo... No cedo ni un ápice de mis exigencias respecto a una vida extravagante calculada sólo con vistas a mi trabajo; ella, sorda a todos los ruegos mudos, exige una vida corriente, un piso cómodo, que me interese por la fábrica, una alimentación abundante, dormir a partir de las once de la noche, una habitación caliente...».

El atractivo de la «vida», tan temida como admirada, siguió subyugando a Kafka aunque éste se refugiara en el trabajo en un huerto del Instituto de Pomología de Troja, cerca de Praga y, cuando esta labor le resultó demasiado dura, en el taller de un carpintero. Esto último le permite escribir un folleto sobre la prevención de accidentes con cepillos de madera y mecánicos. Kafka busca en el trabajo manual no sólo un paliativo de su ansiedad sino también una especie de evasión que no puede encontrar en la literatura, demasiado ligada a sus «fantasmas» personales.

Pasado el verano, viaja con su hermana Elli a Hungría y al mes siguiente tiene una pequeña alegría. El poeta Carl Sternheim ha recibido el premio Fontane y renuncia a él en favor de Kafka. Ya se vende *La metamorfosis* en muchas librerías alemanas y checas, en parte porque el premio ha dado cierta notoriedad a su autor. Los lectores de *La colonia penitenciaria* conocen la capacidad de Kafka para imaginar el dolor.

En noviembre de 1916 su hermana Ottla le ofrece una casita casi de juguete que ha alquilado. Está situada en el callejón de los alquimistas, en el barrio del Castillo, y en ella se refugia Kafka a escribir a la caída de la tarde. En esta casita redactó casi todos los relatos contenidos en *El médico rural*. Kafka se lo contaba así a su novia: «Suelo subirme la cena y la mayor parte de las veces me quedo allí hasta media noche; además está la ventaja del camino de regreso a casa: no tengo más remedio que tomar la decisión de interrumpir el trabajo, y luego tengo el trayecto a recorrer, que refresca la cabeza. Es algo insólito esto de tener una casa, de no cerrar tras el mundo la puerta de la habitación ni la del piso, sino sólo la de la casa; pisar la nieve de la silenciosa calleja al salir directamente de la puerta de la casa. Todo ello por veinte coronas al mes, atendido en todo lo necesario por mi hermana y servido en lo poco que necesito por una pequeña florista (la alumna de Ottla), todo en orden y bonito». Kafka escribió también aquí *Informe para una academia, Preocupaciones del padre de familia, Un mensaje imperial* y algunas narraciones más.

En julio de 1916 Franz y Felice vuelven a encontrarse en Marienbad. Son días serenos y felices durante los que prepara la conferencia que ha de dar en Munich sobre sus relatos y algunos poemas de Brod. Ha aparecido *La condena* junto con más narraciones. Kafka se instala en el palacio Schönborn de Praga, donde alquila una habitación para vivir y trabajar. Parece haber olvidado los proyectos que hiciera con Felice: casarse, irse a vivir a Berlín, que cada uno disponga de su medio de vida (ella ocupaba un puesto importante en una gran empresa alemana) para que pueda dedicar a la literatura el mismo tiempo que de soltero. Kafka tiene treinta y cuatro años y ese verano sufrirá un vómito de sangre. A duras penas le convence Brod para que vaya a un médico. Kafka cree que su enfermedad es un castigo por haber pensado en el suicidio y, recordando *Los maestros cantores,* comenta refiriéndose a Dios: «Le habría creído más sutil». El doctor Pick, un excelente especialista, diagnostica una afección pulmonar que «podría» ser tuberculosis. En una época en que no existen los antibióticos, la receta es bien sencilla: aire, sol y reposo. El enfermo se opone categóricamente a los métodos de la medicina oficial y se niega a ser hospitalizado en un sanatorio antituberculoso. Pide un permiso de tres meses en su trabajo y se va a vivir con su hermana Ottla que regenta una explotación agrícola en Zürau, al noroeste de Bohemia. Siente que va a afrontar la última etapa de su vida y la inicia rompiendo definitivamente todos sus compromisos con Felice. Ha acabado comprendiendo que ésta, por medios directos o sinuosos, le alejaría de sí mismo, es decir, de la escritura, porque era su único medio sincero de entenderse con el mundo. Resultaba ya evidente que no podía casarse con una mujer que consideraba sus escritos simples rarezas, interesantes quizás, pero indignas de los sacrificios que Kafka estaba dispuesto a hacer.

En la paz del campo lee a Kierkegaard, hojea la Biblia, estudia hebreo y escribe aforismos en su diario. Kafka, existencia urbana, redescubre la vida rural, un modo de vivir incomprensible y fascinante que plasmará en *El castillo*. Poco después redactará los diversos fragmentos que componen *La muralla china*.

Acabado su permiso, le volvemos a encontrar en su puesto de trabajo y en la casa de sus padres, donde recibe clases particulares de hebreo. Desde su ventana podía ver el instituto y la universidad donde había estudiado e incluso, un poco más arriba la oficina donde trabajaba. En esta última etapa su vida amorosa vuelve a complicarse. Durante el verano de 1919 se había instalado solo en la pensión Stüdl en Schlesen, cerca de Liboch. Allí conocerá a Julia Wohryzek, de la que se enamorará, con la que se comprometerá y a la que abandonará en el reducido espacio de unos meses. El verano siguiente le volvemos a encontrar en el mismo pueblo, pero esta vez acompañado de Brod. Al año siguiente se somete a una cura en Merano y conoce a Milena Jesenská-Pollak, una muchacha perteneciente a una antigua familia checa, que tenía un espíritu apasionado y era una escritora de talento. Separada de su marido, «recordaba a una gran dama del siglo XVI; era un carácter como los que Stendhal iba a buscar a las viejas crónicas italianas, una Sanseverina o una Matilde de la Mole, apasionada, audaz, fría, sagaz en sus decisiones, aunque nada escrupulosa al elegir los medios si se trataba de una exigencia de su pasión».

Esta mujer descubrió la hondura y la originalidad del genio de Kafka, comprometiéndose a traducir su obra al checo. Milena, que vivía en Viena, inicia con Kafka una correspondencia que empieza con un tono simpático, amistoso y casi profesional, para acabar marcando los altibajos de un amor torturado, condenado al fracaso tanto por Kafka como por los obstáculos externos (él tenía novia y ella estaba atada por un raro vínculo a un marido que apenas le hacía caso). La firme voluntad de Milena se impone al débil escritor. Éste le dice: «Estoy moralmente enfermo. El mal de mis pulmones no es más que un desbordamiento de ese mal moral». Kafka rompe con la muchacha con quien iba a casarse y vuelve a su trabajo de siempre. Las cartas de Milena le mantienen en un estado permanente de espera cuya ansiedad empeora sus insomnios y agrava su enfermedad. Pese a su relación obsesiva, Kafka tiene una conciencia clara de su futuro: «¿Por qué me hablas de un futuro conmigo que nunca se va a dar? Tengo pocas cosas por seguras, pero una de ellas es que nunca viviremos juntos en la misma casa, codo con codo, en la misma mesa, ni siquiera en la misma ciudad».

Extenuado, acepta luego hospitalizarse en un sanatorio entre los montes de Tatra. Allí conoce a Robert Klopstock, un joven estudiante de medicina, tuberculoso también, que terminará abandonando sus estudios para cuidarle. Es el fin de año de 1920. Al año siguiente, Kafka pide a Milena que deje de escribirle y que haga lo posible para que no se vuelvan a ver. Ella obedece y confiesa a Brod: «Por supuesto que no volveré a escribirle. Sé que me quiere. Es demasiado bueno y demasiado pudoroso para poder dejar de quererme. Lo consideraría una falta, pues siempre se juzga culpable y débil. Pese a eso no hay en el mundo entero un ser dotado de su inmensa fuerza, de una absoluta e inquebrantable necesidad que le impulsa a la perfección, la pureza, la verdad».

Kafka pasa las vacaciones a orillas del Báltico y acaricia la idea de visitar Palestina, como «la fantasía de quien está convencido de que ya nunca se levantará de la cama». En este encuentro con la identidad judía ocupa un lugar importante Dora Dymant, que se convertirá en la última compañera de Kafka y le aportará al último año de su vida felicidad y paz. Dora tiene diecinueve años, pertenece a una familia judía de Polonia y, pese a haber escapado pronto del círculo estrecho de la tradición religiosa y familiar, mantenía fuertes vínculos con ese espíritu hebreo que Kafka había descubierto por su amistad con Löwy y del que se sentía nostálgico. Al final del verano Dora y Franz se instalan juntos en Berlín y el escritor combina los estudios de hebreo con una intensa creatividad. Escribe *Una mujercita, Josefina la cantora,* y *La madriguera.*

Berlín sufre una de las temporadas más frías de su historia, lo que unido a la enorme inflación económica que soporta el país como secuela de la guerra, empeora la situación de Kafka que vive de su humilde pensión de funcionario y se niega a pedir ayuda a su familia. Sufre accesos de fiebre y su tío médico acude a cuidarle. Cuando meses después le visita Brod, su estado es tan lamentable que se lo lleva a Praga adonde irá Dora unos días después. Ha de sufrir la humillación de volver a entregarse en brazos de su familia, que le ingresa en el sanatorio Wiener-Wald, tras el diagnóstico de laringitis tuberculosa. Dora y Klopstock se instalan cerca de Kafka y consiguen para él una habitación individual. No obstante, los médicos, conscientes de que su situación es irreversible, apenas se preocupan del escritor.

A finales de abril de 1924 le trasladan a otro sanatorio, el de Kierling, entre enormes dolores de laringe que le impiden comer y beber. Se han conservado las notas con las que se comunicaba con quienes le atendían. La víspera de su muerte escribe una carta a sus padres impregnada de recuerdos de su infancia, corrige unas pruebas de imprenta y afronta su agonía entre grandes sufrimientos que le hacen pedir a Klopstock urgentemente morfina. El día tres de junio fallece. Sus restos descansan en el nuevo cementerio judío de Praga, junto a los de sus padres. Milena, su amante eterna, y Dora, su último consuelo, fueron, como las hermanas de Kafka, asesinadas por los nazis. La muerte prematura se convierte en un alivio cuando el destino reserva para la supervivencia acontecimientos más terribles todavía.

CRONOLOGÍA

1883 Franz Kafka nace el 3 de julio en Praga, hijo de Hermann Kafka (comerciante) y de Julie Löwy.
1885 Nacimiento de su hermano Georg.
1887 Muerte de Georg. Nacimiento de su hermano Heinrich.
1888 Muere Heinrich.
1889 Kafka inicia sus estudios primarios en la escuela del Mercado de la Carne. Nace su hermana Gabrielle.
1890 Nace su hermana Valerie.
1892 Nace su hermana Ottilie.
1893 Examen de ingreso en el Staatsgymnasium.
1900 Vacaciones en Triesch con Siegfried Löwy, su tío.
1901 Aprueba, en la escuela, el examen final. Vacaciones en Heligoland y Norderney. Ingresa en la Deutsche Universität, donde empieza a estudiar Química, antes de decidirse por la carrera de Derecho.
1902 Frecuenta el círculo de Anton Marty, discípulo de Brentano. Vacaciones en Liboch. Una semana en Triesch. Visita Munich. Conoce a Max Brod.

1904 Empieza a escribir *Descripción de un combate*.

1906 Termina su carrera universitaria y obtiene el título de doctor en Derecho.

1907 Escribe *Preparativos para una boda en el campo*. De vacaciones en Triesch, se enamora de Hedwig Weiler. Ingresa en la Assicurazioni Generali.

1908 La revista *Hyperion* publica *Meditación* gracias a las gestiones de Max Brod. Abandona la Assicurazioni Generali e ingresa en la Compañía de Seguros de Accidentes de Trabajo (donde permanecerá hasta su jubilación).

1909 *Hyperion* publica algunos fragmentos de *Descripción de un combate*. Escribe *Los aeroplanos de Brescia*.

1910 Empieza a escribir su *Diario*. Se interesa por el teatro *yiddish*.

1911 Conoce a Rudolf Steiner. Escribe, en colaboración con Max Brod, *Ricardo y Samuel*.

1912 Gestiona una representación teatral del actor Jizchak Löwy en el ayuntamiento judío. Conoce a Felice Bauer. Escribe *La condena*. Escribe *América* y *La metamorfosis*. Interminables cartas a Felice.

1913 Encuentros con Felice y proyecto matrimonial. Fugaz aventura sentimental con una muchacha suiza de dieciocho años. Conoce a Grete Bloch, amiga de Felice.

1914 El compromiso matrimonial de Kafka con la señorita Bauer se publica en los periódicos. Kafka confiesa a Grete Bloch sus dudas respecto al proyecto matrimonial y ésta se las comunica a Felice. Ruptura del compromiso. Comienza la redacción de *El proceso*.

1915 Reencuentro con Felice Bauer en Bodenbach. Se reanuda la correspondencia.

1916 Vacaciones en Marienbad, con Felice, donde se renueva el compromiso matrimonial. Escribe *El guardián de la tumba* y *Un médico rural*.

1917 Mala salud (dolores de cabeza y trastornos estomacales). Escribe *Informe para una academia, Las tribulaciones de un padre de familia* y *La muralla china*. Nuevo compromiso oficial con Felice. Primera hemorragia. La tuberculosis permite a Kafka romper su compromiso matrimonial con Felice.

1918 Tras una temporada de descanso, vuelve al trabajo en la oficina. Su salud empeora nuevamente y debe ir a Schelesen a reponerse.

1919 En Schelesen conoce a Julie Wohryzek y se enamora de ella, toma, a pesar de la oposición de Hermann Kafka, la decisión de casarse. El compromiso se hace público, pero Kafka lo rompe a continuación. Escribe una larga carta a su padre. Trabaja en la Compañía, donde le suben el sueldo y le ascienden.

1920 Correspondencia con Milena Jesenská. En Gmünd pasa un fin de semana con Milena. Escribe *El castillo*. Su salud empeora y trata de reponerse en Matliary.

1921 Se reincorpora a su trabajo. Encuentro con Milena.

1922 Su salud empeora nuevamente y pasa una temporada en Spindlermühle. Escribe *Un artista del hambre* e *Investigaciones de un perro*. La Compañía le concede una licencia temporal. Kafka pasa una temporada en Planá con su hermana Ottla. Kafka le pide a Brod que, cuando muera, destruya todas sus obras.

1923 En Müritz, Kafka conoce a Dora Dyamant. Ambos se instalan en una humilde vivienda de los suburbios de Berlín. Escribe *La madriguera*.

1924 Su salud empeora. Escribe el último relato: *Josefina la cantora, o El pueblo de los ratones*. El padre de Dora, siguiendo el dictado de un rabino, impide que Kafka se case con la joven. Muerte de Kafka.

LA METAMORFOSIS

I

Cuando Gregorio Samsa se despertó una mañana de su inquieto sueño, se encontró en la cama, convertido en un insecto gigante. Estaba acostado sobre una espalda dura como una coraza y, si levantaba un poco la cabeza, veía su vientre abombado, de color marrón y surcado por unas estrías duras. El cobertor apenas se podía mantener sobre tan abultado vientre y estaba en trance de deslizarse al suelo. Sus muchas patas, que comparadas con la totalidad de su volumen eran lastimosamente delgadas, revoloteaban sin ton ni son ante sus ojos.

«¿Qué me ha pasado?», pensó. No era un sueño. Su habitación, un auténtico habitáculo humano, estaba tranquila entre las cuatro paredes bien conocidas. Encima de la mesa, sobre la cual estaba desplegado un muestrario de tejidos —Samsa era viajante—, colgaba el cuadro que hacía poco había recortado de una revista ilustrada y colocado en un bonito marco dorado. Representaba a una dama que, ataviada con un sombrero de piel, envuelta en una boa también de pieles, estaba sentada, erguida y elevando hacia el espectador un pesado manguito de piel, dentro del cual desaparecía todo su antebrazo.

La mirada de Gregorio se dirigió a la ventana. El tiempo tristón —se oía cómo la lluvia repiqueteaba contra la chapa del alféizar— le llenó de melancolía. «¿Qué tal si siguiera durmiendo un poco y olvidara todas esas bobadas?», pensó. Pero era totalmente irrealizable, porque tenía la costumbre de dormir sobre el lado derecho y, en su estado actual, no logró colocarse en esta postura. Aunque se lanzara sobre su costado derecho con fuerza siempre volvía, con un balanceo, a la posición dorsal. Trató de hacerlo unas cien veces, cerrando los ojos para no ver las patas, que daban pena, y desistió cuando empezó a sentir en el costado un dolorcillo sordo que nunca había experimentado.

«Dios mío, pensó, ¡qué profesión más fatigosa me he buscado! Un día tras otro viajando. El trabajo en el exterior es mucho más enervante que el trabajo en el interior del negocio; encima tengo que soportar las molestias del viaje, la preocupación por el horario de los trenes, las comidas malas e irregulares, el trato con gente siempre cambiante, nunca duradero, sin llegar nunca a ser cordial. ¡Que se lo lleve todo el diablo!». Sintió una leve comezón en el vientre. Arrastrándose dificultosamente sobre la espalda, se acercó a la cabecera de la cama para poder levantar la cabeza mejor; encontró el sitio de la comezón y vio que estaba sembrado de manchitas blancas que no sabía cómo interpretar. Quiso palpar el lugar con una de sus patas, pero la retiró enseguida porque el contacto daba escalofríos.

Se dejó ir y volvió a su posición inicial. «Esto de levantarse temprano le vuelve a uno idiota», pensó. «El hombre tiene que tener sus horas de sueño. Otros viajantes viven como mujeres en un harén. Cuando yo regreso a media mañana al hostal para pasar en limpio los pedidos que he obtenido, esos señores todavía están desayunando. Que yo tratara de hacer esto y mi jefe me haría volar en el acto. Pero, ¿quién sabe si esto, en fin de cuentas, no sería mucho mejor para mí? Si yo no me contuviera por consideración a mis padres, hace tiempo que me habría ido del empleo; me habría plantado delante del jefe y le habría cantado las cuarenta con toda mi alma. ¡De su pupitre se habría caído! ¿Qué manera extraña es esa de sentarse en lo alto de un pupitre para hablarle al empleado desde arriba? Además, el empleado tiene que acercarse lo más posible a causa de la sordera del jefe. Bueno, la esperanza no está del todo perdida. Cuando haya reunido el dinero para terminar de pagar la deuda de mis padres —me puede llevar todavía unos cinco o seis años—, lo haré sin falta. Daré el tijeretazo. De momento, lo cierto es que me tengo que levantar, pues mi tren sale a las cinco».

Echó un vistazo al despertador que hacía su tictac encima del armario. «¡Santo cielo!», pensó. Eran las seis y media y las manecillas avanzaban impertérritas; incluso ya era pasada la media, casi eran las siete menos cuarto. ¿No sonaría el despertador? Pero desde la cama se veía que estaba puesto para las cuatro. Con toda seguridad: había soñado. Sí, pero, ¿cómo era posible quedarse dormido con ese estrépito que sacudía hasta los muebles? Bueno, en verdad no había dormido tranquilo, pero quizá muy profundamente. ¿Qué hacer ahora? El próximo tren salía a las siete; para alcanzarlo, tendría que darse una prisa loca y la colección de muestras estaba sin meter en la maleta. Él mismo no se sentía muy despabilado y ágil. E incluso alcanzando el tren de las siete, la bronca del jefe sería inevitable, pues el mozo de la tienda le estaba esperando a las cinco en el andén y ya habría informado de que él no había partido. El mozo era una criatura del jefe, sin espinazo y sin cabeza. ¿Qué pasaría si se diera por enfermo? Pero esto resultaría extremadamente delicado y sospechoso, pues en cinco años de servicio Gregorio no había estado enfermo ni una sola vez. Probablemente vendría el jefe con el médico del Seguro, reprocharía a sus inocentes padres tener un hijo tan holgazán y cortaría en seco toda objeción remitiéndose al médico, para quien sólo había personas perfectamente sanas pero haraganas. Y, en su caso, quizá no estaría del todo equivocado. En realidad, haciendo caso omiso de una cierta somnolencia injustificable, Gregorio se sentía bastante bien e incluso tenía un hambre saludable.

Pensaba todo esto a la mayor velocidad posible y sin poderse decidir a levantarse —en este momento dieron las siete menos cuarto—, cuando sonaron unos golpecitos cautelosos en la puerta que estaba detrás de la cabecera de su cama. «Gregorio —era la madre—, son las siete menos cuarto. ¿No te querías ir?». ¡Qué voz tan suave! En cambio, al contestar, la suya le asustó. Era sin duda su voz de siempre, pero parecía que desde abajo se le mezclaba un pitido irreprimible y doloroso que deformaba extrañamente las palabras. Gregorio hubiera querido explicarse, pero, en estas circunstancias, se limitó a contestar: «Sí, sí, madre, ya me levanto». Es posible que, gracias a la puerta de madera, desde fuera no se notara el cambio en la voz de Gregorio, pues la madre se tranquilizó y se fue arrastrando los pies. Pero a causa de este pequeño intercambio de palabras los demás miembros de la familia se habían dado cuenta de que, contra toda previsión, Gregorio aún estaba en casa. Y ya golpeaba el padre en la puerta lateral, débilmente pero con el puño: «Gregorio, Gregorio —llamó—, ¿qué pasa?». Y después de un ratito llamó de nuevo, pero con voz más sonora: «¡Gregorio, Gregorio!». En la otra puerta lateral dijo la hermana en tono plañidero: «Gregorio, ¿no estás bien? ¿Necesitas algo?». Gregorio contestó en las dos direcciones: «¡Ya estoy listo!», tratando de pronunciar con claridad y haciendo largas pausas entre palabra y palabra para disimular lo insólito de su voz. El padre volvió a su desayuno, pero la hermana susurró: «Gregorio, abre te lo suplico». Pero Gregorio ni pensó en abrir, congratulándose por su precaución, adquirida en los viajes, de cerrar todas las puertas con llave.

Más que nada deseaba levantarse tranquilo, arreglarse sin ser molestado, desayunar. Después pensaría lo que convenía hacer, porque era evidente que en la cama no llegaría a ninguna conclusión razonable. Se acordó de que a veces había sentido algún dolorcillo en la cama, quizá motivado por alguna postura incómoda, y que, al levantarse, había resultado ser pura imaginación. Tenía curiosidad por ver cómo sus imaginaciones de hoy se desvanecían poco a poco. No le cabía ni la menor duda de que la alteración de su voz era el síntoma de un fuerte resfriado, enfermedad típica del viajante.

Deshacerse del cobertor era muy sencillo. Sólo necesitaba hincharse un poco y ya se caía solo. Pero lo demás se le hizo difícil, sobre todo porque estaba tan descomunalmente gordo. Habría necesitado brazos y manos para incorporarse; pero en su lugar sólo tenía esas patitas múltiples que sin cesar estaban en un confuso movimiento que no podía controlar. Si quería doblar una, lo primero era estirarse. Pero si finalmente lograba hacer con esa pata lo que se había propuesto, a todas las demás les entraba la más frenética y dolorosa agitación. «Todo menos entretenerse inútilmente en la cama», se dijo Gregorio. Intentó sacar del lecho primero la parte inferior de su cuerpo, pero esta parte que aún ni había visto y de la que no lograba hacerse una imagen clara, resultó muy difícil de mover: y cuando por fin, casi enloquecido pero con toda su fuerza y sin consideración, se dio un impulso hacia adelante, resultó que se había equivocado de dirección y se golpeó violentamente contra la madera de los pies de la cama. El dolor acuciante que sintió le aleccionó: precisamente la parte inferior de su cuerpo era la más sensible.

Por eso trató ahora de sacar primero la parte superior de su cuerpo y con mucho cuidado giró la cabeza hacia el borde de la cama. Esto resultó fácil y la masa del cuerpo ancho y pesado terminó por seguir el movimiento de la cabeza. Pero cuando, por fin, tuvo la cabeza colgando fuera de la cama, le entró miedo de seguir adelante, porque si se dejaba caer finalmente, tendría que ocurrir un verdadero milagro para que no se golpeara la cabeza. Y justo ahora no debía, por nada del mundo, perder el sentido; era preferible quedarse en la cama.

Pero cuando tras un esfuerzo igual y con un suspiro se encontró otra vez en la misma posición de antes, viendo cómo sus patitas luchaban aún más frenéticamente entre sí y sin lograr dominar este desorden, se dijo una vez más que era imposible permanecer por más tiempo en la cama y que valía más arriesgarlo todo antes de quedarse así. Al mismo tiempo, no dejó de razonar que era mucho mejor pensar las cosas con calma —con la mayor calma— y no tomar decisiones desesperadas. Volvió a dirigir los ojos a la ventana, pero la niebla mañanera que no dejaba ver el otro lado de la calle no podía inspirar ánimos a nadie. «Ya son las siete —se dijo cuando el reloj dio la hora—; las siete y todavía hay tanta niebla». Y durante un ratito se estuvo quieto, respirando débilmente, como si tuviera la esperanza de que una quietud total le devolvería a la normalidad. Pero luego se dijo: «Antes de que den las siete y cuarto debo haber abandonado la cama. Entonces ya habrá venido alguien del almacén, para preguntar por mí, pues el almacén se abre antes de las siete». Y ahora comenzó a avanzar hacia el borde de la cama, balanceando todo el cuerpo uniformemente. Si de esta manera se dejaba caer de la cama, la cabeza, que trataría de mantener en alto, quedaría probablemente intacta. La espalda parecía dura y no le pasaría nada al caer sobre la alfombra. Lo que más le preocupaba era el estrépito que causaría la caída, estrépito que produciría susto o temores detrás de las puertas. Pero había que intentarlo, costase lo que costase.

Cuando Gregorio estaba con la mitad de su cuerpo fuera de la cama —el nuevo sistema era más un juego que un esfuerzo, pues sólo tenía que balancearse a impulsos—, se le ocurrió la idea de que todo sería muy sencillo si alguien viniera en su ayuda. Dos personas fuertes —pensó en el padre y en la criada— habrían sido suficientes; sólo tendrían que pasar sus brazos por debajo de su espalda, levantarle en vilo, agacharse con la carga y, ya cerca del suelo, volcarle. Entonces las patas probablemente entrarían en razón. Pero, aun sin contar con que las puertas estaban bajo llave, ¿era cierto que debía pedir socorro? A pesar de toda su miseria no pudo reprimir una sonrisita.

Ya estaba a punto de perder el equilibrio —sólo faltaba un último balanceo y había que decidirse porque, en cinco minutos, ya serían las siete y cuarto—, cuando sonó el timbre de la casa. «Este es alguien del almacén», se dijo, quedando casi de una pieza mientras sus patitas se agitaban todavía más. «No abren», se dijo, presa de una esperanza irracional. Pero luego, naturalmente, la criada fue con paso firme a la puerta y abrió. Gregorio sólo necesitaba oír la primera palabra del visitante para saber quién era el procurador en persona. ¿Por qué Gregorio estaba condenado a servir en una empresa donde, al menor descuido, se sospechaba lo peor? ¿Es que todos los empleados sin excepción eran unos bribones? No podía haber entre ellos ni siquiera uno que fuera fiel y servicial, siquiera uno que, casi enloquecido por el remordimiento de no haber aprovechado las primeras horas de la mañana en pro de la empresa, se sentía incapaz de abandonar la cama. ¿No era suficiente mandar a un aprendiz a preguntar por él —si era imprescindible mandar a alguien—, tenía que ser el mismísimo procurador quien se molestara a dar a entender a la inocente familia que las averiguaciones en tan espinoso asunto sólo podían ser confiadas a la preclara inteligencia de un procurador? Y, más por la excitación que le causaron esos pensamientos que por una auténtica decisión, Gregorio tomó impulso y se arrojó fuera de la cama. Hubo un golpe seco aunque no muy estrepitoso. La alfombra amortiguó la caída y la espalda era más flexible de lo que había pensado: de ahí que el sonido resultara sordo y poco llamativo. Pero no había tenido suficiente cuidado con la cabeza, en la que se dio un buen golpe. Con disgusto y dolor, la restregó contra la alfombra.

«Ahí dentro cayó algo», dijo el procurador en la habitación de la izquierda. Gregorio trató de imaginar si algo parecido no le podría suceder también alguna vez al procurador. En el fondo, no había que descartar esta posibilidad. Como contestación brutal a este interrogante, el procurador dio unos pasos decididos hacia delante, haciendo chirriar sus botas de charol. Desde la habitación de la derecha susurró la hermana: «Gregorio, está el procurador». «Ya lo sé», murmuró Gregorio. No se atrevió a decirlo en voz alta y la hermana no lo oyó.

«Gregorio —dijo ahora el padre desde la habitación de la izquierda—, ha venido el señor procurador para preguntar por qué no saliste en el tren de la madrugada. No sabemos qué decirle. También desea hablar contigo personalmente. Por favor, abre la puerta. El señor procurador tendrá la bondad de disculpar el desorden en la habitación». En lo que el padre hablaba, el procurador dijo en tono afable: «Buenos días, señor Samsa». «No se siente bien —intervino la madre—, créame que no se siente bien. ¿Cómo, si no, Gregorio sería capaz de perder un tren? El chico no tiene otra cosa en la cabeza que el almacén. Casi me enfado a veces porque jamás sale de noche; últimamente paró ocho días en la ciudad, pero todas las noches se quedó en casa. Aquí está, sentado con nosotros, leyendo el periódico o estudiando la guía de trenes. Como única distracción hace trabajitos de marquetería. En dos o tres veladas ha tallado un pequeño marco, le sorprendería ver lo precioso que es. Ya lo verá cuando Gregorio abra la puerta. Por lo demás, estoy feliz de que usted haya venido, señor procurador, pues solos no habríamos conseguido que Gregorio abriera. Es tan terco y seguramente está indispuesto, aunque esta mañana lo negó». «Voy enseguida», dijo Gregorio despacio, pero no se movió para no perder palabra de lo que hablaban. «Tampoco me lo puedo explicar de otra manera, señora —dijo el procurador—. Espero que no sea nada grave. Por otra parte debo admitir que nosotros los hombres de negocios, por desgracia o por suerte, como se quiera tomar, a veces no tenemos más remedio que sobreponernos, en el interés de la empresa, a una ligera indisposición». «Bueno, ¿ya puede entrar el señor procurador?», preguntó el padre impaciente y volvió a dar golpes en la puerta. «No», dijo Gregorio. En la habitación de la izquierda se hizo un silencio embarazoso y en la de la derecha la hermana comenzó a sollozar.

¿Por qué no se juntaba la hermana con los demás? Seguramente se acababa de levantar y ni había comenzado a vestirse. ¿Y por qué lloraba? ¿Porque él no dejaba entrar al procurador, porque estaba en peligro de perder el puesto y porque entonces el jefe volvería a perseguir a los padres con sus viejas pretensiones? Por ahora no había que preocuparse. Aquí estaba Gregorio, que no pensaba abandonar a su familia. Por el momento, estaba tirado en la alfombra y nadie que hubiera sabido en qué estado se encontraba le habría exigido que dejase entrar al procurador. Por otra parte, por una pequeña descortesía para la cual, más tarde, ya se encontraría una excusa adecuada, no se le podía echar sin más ni más del empleo. A Gregorio le parecía mucho más razonable dejarle ahora en paz en lugar de molestarle con llantos y ruegos. Pero, claro, la incertidumbre afligía a los suyos y también disculpaba su comportamiento.

«"Señor Samsa" —dijo el procurador levantando la voz—, ¿qué pasa? Usted se atrinchera en su cuarto, sólo contesta con un "sí" o "no", preocupa grave e innecesariamente a sus padres y desatiende —para mencionarlo sólo de pasada— sus obligaciones laborales de una manera inaudita. Yo hablo aquí en nombre de sus padres y de su jefe y le ruego seriamente que dé una explicación ahora mismo. Estoy asombrado, lo que se dice asombrado. Creí conocerle, una persona tranquila y razonable, vamos, y ahora parece que quiere comenzar a hacer gala de unos caprichos extravagantes. Es cierto que el jefe me insinuó esta mañana una posible explicación de su falta —se refiere a los cobros que últimamente se le han confiado— pero yo di casi mi palabra de honor de que esta sospecha no podía venir a cuento. Y ahora veo su increíble terquedad y estoy perdiendo las ganas de interesarme por usted. Tengo que decirle que su posición de ningún modo es la más firme. Tenía la intención de decírselo en confianza, pero como usted ahora me hace perder el tiempo tan inútilmente, no sé por qué no lo habrían de saber también sus señores padres. En los últimos tiempos sus servicios eran muy poco satisfactorios. Reconocemos que la temporada actual no es de grandes negocios, pero temporadas de no hacer ningún negocio no existen, señor Samsa, ni deben existir». «¡Pero señor procurador! —exclamó Gregorio fuera de sí y olvidándose de todo lo demás—, si abro enseguida, ¡al instante! Un leve malestar, un ataque de vértigo, me impidieron levantarme. Todavía estoy en la cama. Pero ya me siento bastante bien. Ahora mismo salgo de la cama. ¡Tenga un poquito de paciencia! No va tan bien como creía, pero ya estoy mejor. ¿Cómo le puede suceder a uno algo así? Ayer por la noche estuve todavía bastante bien, mis padres lo saben, o mejor dicho, ya ayer por la noche tenía un pequeño malestar. Se me ha debido notar. ¿Por qué no habré avisado en el almacén? Porque uno piensa siempre que puede componerse sin necesidad de quedarse en casa. ¡Señor procurador, no apene a mis padres! No hay motivo para que me haga los reproches que me está haciendo. Tal vez usted no ha leído los últimos pedidos que mandé. Saldré de viaje en el tren de las ocho. Estas pocas horas de reposo me han fortalecido. No se entretenga más, señor procurador, yo mismo iré enseguida al almacén. Por favor, diga esto allí y presente mis respetos al señor Jefe».

Y mientras que Gregorio profería todo esto precipitadamente, sin apenas saber lo que decía, se acercó fácilmente al armario —gracias al entrenamiento adquirido en la cama—, y ahora trataba de incorporarse apoyándose en él. Quería, en efecto, abrir la puerta, dejarse ver y hablar con el procurador: tenía una curiosidad acuciante por saber qué dirían los que tanto deseaban verle. Si se asustaban, la culpa no era suya y podría estar tranquilo. Si, en cambio, todos lo tomaban con calma, él tampoco necesitaba alterarse y podría, dándose prisa, alcanzar el tren de las ocho. Se resbaló algunas veces del liso armario pero, dándose un último impulso, por fin quedó derecho. Ya no prestó atención al dolor en el abdomen. Ahora se dejó caer contra el respaldo de una silla cercana, en cuyos bordes se sujetó con las patitas. Con ello había recuperado el dominio de sí mismo y quedó callado porque ahora podía escuchar al procurador.

«¿Han entendido ustedes una sola palabra? —preguntó el procurador a los padres—, ¿no será que nos está tomando el pelo?». «¡Por el amor de Dios! —exclamó la madre llorando—, quizá está gravemente enfermo y nosotros le atormentamos. ¡Greta, Greta!», gritó. «¿Madre?», contestó la hermana del otro lado. Se hablaban a través del cuarto de Gregorio. «Tienes que buscar inmediatamente al médico. Gregorio está enfermo. ¡Rápido! ¿Oíste hablar a Gregorio?». «Era la voz de un animal», dijo el procurador en tono extrañamente quedo en comparación con el griterío de la madre. «¡Ana, Ana! —llamó el padre a través del vestíbulo a la cocina dando palmadas—, ¡vaya a buscar inmediatamente a un cerrajero!». Y ambas muchachas corrieron hacia la entrada. ¿Cómo pudo vestirse la hermana tan rápidamente? No se oyó ningún portazo: dejaron la puerta abierta, como suele ocurrir en casas donde ha sucedido una desgracia.

Pero Gregorio se había tranquilizado mucho. ¿De modo que no se entendía lo que decía a pesar de que sus palabras le habían parecido muy claras, más claras que nunca? Tendría el oído acostumbrado. Pero siquiera habían comprendido que algo no estaba en orden y querían ayudarle. La eficacia con que se habían tomado las primeras medidas le inspiraba confianza y le reconfortaba. Se sentía otra vez incluido en el círculo de los seres humanos y esperaba, tanto del médico como del cerrajero, obras maravillosas y contundentes. Con el fin de aclararse la voz para las conversaciones inminentes, tosía un poco, esforzándose por hacerlo de una manera sofocada, ya que incluso ese carraspeo no sonaría como una tos humana, cosa que ya no se atrevía a pretender. En la sala de al lado, todo estaba en silencio. Quizá los padres y el procurador estaban sentados a la mesa cuchicheando o quizá estaban todos con la oreja pegada a la puerta.

Gregorio avanzó con silla y todo hasta la puerta, se tiró sobre ella y, gracias a la pequeña viscosidad que tenían los pulpejos de sus patas, se mantuvo adherido a ella. Descansó un momento. Luego, acometió la tarea de hacer girar la llave. Lamentablemente, no parecía tener lo que se dice dientes —¿con qué agarraría la llave?—, en cambio, las mandíbulas eran muy fuertes. Con su ayuda logró poner la llave en movimiento. No reparó en que se hacía daño, ya que un líquido oscuro manaba de su boca, corría sobre la llave y goteaba hasta el suelo. «Atención —dijo el procurador—, «está dando vuelta a la llave». Esto alentaba a Gregorio, pero no era suficiente. Todos, también el padre y la madre, deberían animarle diciendo: «¡Duro, Gregorio, duro, dale a la llave!». Y con la idea de que todos estaban pendientes de sus esfuerzos, se aferró con todas sus energías a la llave. De acuerdo con las posiciones que ésta iba adoptando, bailoteaba alrededor de la cerradura. Tan pronto se sujetaba tan sólo con la boca, como se colgaba de la llave o la hacía bajar con todo el peso de su corpachón. El sonido limpio que produjo el cerrojo al retroceder le sacó de su ofuscación. Aliviado, se dijo: «Así que no he necesitado al cerrajero». Entonces posó la cabeza en el picaporte para terminar de abrir la puerta.

A todo esto, Gregorio aún no era visible, pues la puerta apenas estaba entreabierta. Con sumo cuidado —no quería caerse de espaldas justo al entrar en la sala—, se las arreglaba para pasar al otro lado de la hoja. Estaba aún ocupado en esta difícil maniobra y, sin tiempo para fijarse en otra cosa, cuando ya oyó el estentóreo «¡Oh!» del procurador. Sonó como si aullara el viento. Y ahora también le veía: Estando cerca de la puerta, se llevaba la mano a la boca, desmesuradamente abierta, y retrocedía como si una fuerza invisible le empujara. La madre —aquí estaba con el pelo aún sin recoger a pesar de la presencia del procurador, pelo que cabalmente estaba erizado—, primero miró al padre con las manos unidas, implorantes, luego dio dos pasos en dirección a Gregorio para enseguida derrumbarse en un remolino de faldas. El padre, con expresión hostil, apretaba los puños, como si quisiera empujar a Gregorio de vuelta a la habitación. Luego miró con ojos extraviados en derredor suyo y rompió a llorar con grandes sacudidas de su poderoso pecho.

Gregorio ni puso el pie en la sala, sino que se quedó arrimado a la hoja de la puerta que estaba fija. Sólo se podía ver la mitad de su cuerpo, con la cabeza asomando y atisbando furtivamente a los presentes. Entretanto se había hecho de día. Se distinguía claramente una porción del enorme caserón negro y gris —era un hospital— del otro lado de la calle. Las ventanas se sucedían en hileras regulares en la fachada. Aún estaba lloviendo, pero las gotas se podían ver una por una, una por una caían sobre la tierra. Sobre la mesa estaba aún servido el desayuno —un desayuno copioso, pues para el padre era la comida más importante del día, que prolongaba durante horas leyendo los periódicos—. De la pared de enfrente colgaba una fotografía de Gregorio de los tiempos de su servicio militar. Lucía el uniforme de teniente, con la mano sobre la espada, con sonrisa despreocupada y como pidiendo respeto ante su pose y su uniforme. La puerta al vestíbulo estaba abierta; también la de la entrada, por la cual se veía el comienzo de la escalera.

«Bueno —dijo Gregorio, consciente de que era el único que había guardado la calma—, ahora mismo me vestiré, meteré el muestrario en la maleta y tomaré el tren. ¿Me vais a dejar partir? Usted ve, señor procurador, que no soy tan testarudo y, además, me gusta trabajar. Viajar es penoso, pero yo no podía vivir sin viajar. ¿A dónde va usted, señor procurador? Al negocio, ¿verdad? ¿Lo contará todo conforme a la verdad? En un momento dado uno puede ser incapaz de trabajar, pero este es justamente el momento indicado para acordarse de los servicios prestados y considerar que, cuando los obstáculos se hayan allanado, se trabajará con tanto mayor ahínco y dedicación. Yo le estoy muy agradecido al señor jefe, usted lo sabe bien. Por otro lado, me preocupan mis padres. Estoy en un aprieto, pero estoy seguro de salir de él. No me lo haga más difícil. ¡Póngase de mi parte en el negocio! No se quiere al viajante, lo sé. Se piensa que gana un montón de dinero y lleva una vida holgada. No hay un motivo especial para rectificar este prejuicio. Pero usted, señor procurador, tiene una mejor visión que el resto del personal, incluso, dicho sea en confianza, mejor que el mismo señor jefe que, en su calidad de empresario, se deja impresionar fácilmente en contra de un empleado. También sabemos perfectamente que el viajante, estando casi todo el año ausente, es fácil víctima de habladurías, apariencias y quejas infundadas contra las cuales le es imposible defenderse, pues se entera cuando vuelve agotado de su viaje. Sólo entonces sufre en su persona los efectos de unas causas que ya no puede desenmarañar. Señor procurador, no se vaya sin decirme una palabra que me demuestre que me comprende siquiera en alguna pequeña medida».

Pero ya desde las primeras palabras de Gregorio, el procurador había dado media vuelta, mirándole constantemente por encima de un hombro crispado y con un gesto de asco en los labios. Durante todo el discurso de Gregorio no se paró ni un momento, sino que se iba retirando, sin dejar de mirar a Gregorio, hacia la puerta, lentamente, como si estuviera prohibido abandonar la estancia. Ya había ganado el vestíbulo y, por el brusco movimiento con que dio el último paso, se habría podido creer que se había abrasado la planta del pie. Una vez en el vestíbulo, lanzó las manos hacia adelante, hacia la escalera, como si ahí le esperara una salvación nada menos que sobrenatural. Gregorio juzgó que de ninguna manera podía permitir que el procurador se fuera en este estado de ánimo, si no quería que peligrara su puesto. Los padres no podían comprender esto. Durante largos años habían acariciado la idea de que Gregorio tenía una colocación para toda la vida. Además, las preocupaciones del momento les hacían perder toda visión de futuro. Era imperativo retener, tranquilizar, convencer y ganarse al procurador; el porvenir de Gregorio y de toda la familia dependía de ello. ¡Si sólo estuviera aquí la hermana!

Era inteligente y ya había llorado cuando Gregorio estaba aún inmóvil sobre la espalda. Seguramente el procurador, este amigo de las damas, se habría dejado llevar por ella. Ella habría cerrado la puerta delante de él y habría terminado quitándole el susto. Pero, de hecho, la hermana no estaba y Gregorio tuvo que actuar por sí mismo. Y sin tener en cuenta sus actuales facultades de movimiento, y sin ponderar que su último discurso probablemente tampoco había sido inteligente, se soltó de la hoja de la puerta y se coló por la apertura. Quería a toda costa avanzar hasta el procurador que, ridículamente, se cogía con las manos a la barandilla de la escalera. Pero Gregorio, buscando un apoyo y dando un pequeño grito, cayó enseguida sobre sus muchas patas. Apenas le había sucedido esto cuando, por vez primera en la mañana, se sintió físicamente bien. Las patitas estaban en suelo firme y obedecían perfectamente. Incluso se empeñaron en llevarle exactamente adonde él quería. Y ya pensó que el fin de sus calamidades estaba cerca. Pero he aquí que había aterrizado no lejos de la madre, justo enfrente de ella. Ésta, que había parecido totalmente perdida en sí misma, se levantó de golpe, los brazos extendidos y los dedos crispadamente abiertos, y gritó: «¡Socorro, por amor de Dios, socorro!». Luego alargó el cuello para ver mejor a Gregorio, pero, al mismo tiempo, iba retrocediendo fuera de sí. Había olvidado que detrás de ella estaba la mesa con el desayuno y, al llegar a ella, se sentó simplemente encima. No parecía percatarse de que había tirado la cafetera, de la cual manaba el café hasta la alfombra.

«Madre, madre», dijo Gregorio, alzando los ojos hacia ella. Por un momento se olvidó del procurador; en cambio, viendo cómo se derramaba el café, no pudo resistir la tentación de dar unos cuantos bocados al vacío. Mirándole, la madre dio otro grito, se soltó de la mesa y cayó en los brazos del padre, que había corrido a su encuentro. Pero ahora Gregorio no tenía tiempo para los padres. El procurador ya había ganado la escalera y, con la barbilla sobre el pasamanos, echaba un último vistazo hacia atrás. Gregorio tomó carrerilla para alcanzarle, pero el procurador debió de intuir algo, pues, saltando varios peldaños a la vez, desapareció, no sin dejar de soltar todavía un «¡Hu!» que resonaba por todo el vano de la escalera. La huida del Procurador parecía asumir también al padre en una penosa confusión. Hasta aquí, había estado relativamente sereno, pero ahora, en lugar de correr tras el procurador o, al menos, de no estorbar a Gregorio en su persecución, agarró con la diestra el bastón que aquél había dejado junto al sombrero y al abrigo; con la otra, tomó un gran periódico de encima de la mesa y, dando patadas en el suelo y esgrimiendo bastón y periódico, comenzó a espantar a Gregorio hacia su habitación. Ninguna súplica valía, ningún ruego fue escuchado. Por humildemente que bajara la cabeza, el padre sólo daba patadas más aterradoras. A pesar del tiempo fresco, la madre había abierto la ventana y, sacando medio cuerpo afuera, hundía la cara en sus manos. Entre la calle y la escalera se originó una fuerte corriente de aire. Las cortinas se inflaban, los periódicos revoloteaban encima de la mesa; algunas hojas llegaron a barrer el suelo. Inexorablemente le hacía retroceder el padre, emitiendo un silbido salvaje. Pero Gregorio no tenía ninguna práctica en andar hacia atrás; esto iba realmente demasiado despacio. Si hubiera podido dar la vuelta, enseguida habría estado en su cuarto. Pero temía impacientar al padre con esta complicada maniobra. El golpe mortal en la cabeza o en la espalda parecía inminente. Por fin, no tuvo más remedio que darse la vuelta, pues se dio cuenta, con terror, de que, yendo hacia atrás, perdía el sentido de la orientación. Y así comenzó, mirando al padre sin cesar de reojo y lleno de angustia, a dar media vuelta lo más rápidamente que pudo. Tal vez el padre se dio cuenta de su buena voluntad, pues no le importunó mientras lo hacía, sino que incluso dirigió el viraje de cuando en cuando, desde lejos, con la punta del bastón. Lo insoportable era ese silbante acoso del padre; le hacía perder la cabeza. Ya casi había completado la vuelta cuando, siempre atento al silbido del padre, se equivocó y viró otro poco hacia atrás. Pero cuando por fin había llegado con la cabeza a la puerta entreabierta, resultó que su cuerpo era demasiado ancho como para pasar sin más ni más. Al padre no se le ocurrió abrir la otra hoja de la puerta, para que Gregorio pudiera pasar. Estaba obsesionado con la idea de que Gregorio tenía que meterse en su habitación lo antes posible. Jamás el padre le habría concedido el tiempo necesario para efectuar los complicados preparativos que le permitieran incorporarse y pasar sin daño. En cambio, espoleaba a Gregorio con una furia aún mayor, como si no hubiera obstáculo alguno. Lo que se oía detrás de Gregorio ya no era la voz de un padre cualquiera. No era broma y Gregorio no tenía más remedio que meterse por la fuerza en su habitación. Un lado de su cuerpo se levantó y todo él quedó encajado en posición oblicua. Uno de sus flancos estaba despellejado y feas manchas quedaron en la blanca puerta. No se podía mover. Las patitas de un lado temblaron en el vacío, las del otro estaban dolorosamente chafadas contra el suelo. Entonces, el padre le dio un empujón que era salvador, pues cayó sangrando profusamente, en medio de la habitación. La puerta se cerró con un golpe de bastón y luego, por fin, silencio.

II

Al anochecer, Gregorio se sintió interrumpido en su pesado y languideciente sueño. No habría tardado en despertarse por sí solo, pues había dormido bastante, pero le parecía haber oído unos pasos furtivos, como si alguien hubiera cerrado sigilosamente la puerta que conducía a la antesala. Los faroles eléctricos de la calle echaban pálidos reflejos sobre el cielo raso y la parte superior de los muebles, pero Gregorio yacía en la oscuridad. Tanteando torpemente con sus antenas —que sólo ahora empezaba a apreciar—, se encaminó lentamente hacia la puerta, para averiguar lo que había sucedido. Su flanco izquierdo parecía ser una única herida larga y tirante, lo que hacía que cojeara sobre las dos filas de patas. Durante los sucesos de la mañana, una pata había sido gravemente lesionada —casi era un milagro que no fuera más que una— y colgaba sin vida.

Al llegar a la puerta se dio cuenta de lo que, en primer término, le había atraído: el olor a algo comestible. Había una escudilla con leche azucarada en la cual flotaban unas rebanadas de pan blanco. Casi se echó a reír de placer, porque estaba aun más hambriento que por la mañana y, en el acto, metió la cabeza hasta los ojos en ella. Pero pronto la retiró decepcionado; no sólo porque comer le resultó dificultoso a causa de su dolorido flanco —sólo podía comer si todo el cuerpo cooperaba, resollando con trabajo—, sino porque la leche, que solía ser su bebida predilecta y que la hermana, sin duda, había traído por esto, no le gustó; de modo que se apartó casi con repugnancia de la escudilla, arrastrándose de nuevo hasta el centro de la habitación. Como Gregorio pudo ver por la rendija de la puerta, en la sala estaba encendida la lámpara de gas. Pero mientras el padre a esta hora normalmente leía el diario de la tarde en voz alta a la madre, y a veces también a la hermana, ahora no se movía ni una hoja. Quizá últimamente esta lectura, de la que su hermana siempre le contaba y escribía, había caído en desuso. Lo extraño era que todo estaba en silencio, aunque, con toda seguridad, la casa no estaba vacía. «Qué vida tan apacible tiene mi familia», se dijo Gregorio y sintió, inmóvil, sumido en la oscuridad, un gran orgullo por haber podido procurar a padres y hermana una tal vida y en una vivienda tan buena. ¿Y si ahora la tranquilidad, el bienestar y la felicidad habían llegado a un fin horroroso? Para no perderse en tan tristes pensamientos, Gregorio se puso en movimiento, yendo y viniendo por el suelo de la habitación.

Una vez durante este largo anochecer alguien entreabrió primero las puertas laterales. Alguien se proponía entrar, sin decidirse. Gregorio se apostó directamente delante de la puerta de la sala, decidido a atraer al vacilante, a descubrir siquiera quién era. Pero la puerta no se volvió a abrir y Gregorio esperó en vano. En la madrugada, cuando todas las puertas estaban cerradas con llave, todos querían entrar, y ahora que él mismo había abierto una y que las demás evidentemente habían sido abiertas durante la jornada, nadie venía. Las llaves estaban por fuera. Tarde, en la noche, se apagó la luz en la sala y era fácil deducir que tanto los padres como la hermana se habían quedado levantados hasta estas altas horas, porque se podía oír perfectamente cómo se retiraban de puntillas. Con seguridad, ya nadie entraría hasta la mañana siguiente. Por lo tanto, tenía mucho tiempo por delante para pensar cómo podría reordenar su vida. Pero esta habitación de techo tan alto, donde él no tenía más remedio que estar pegado al suelo, le inspiraba aprensión, sin que pudiera dilucidar la causa, pues había sido suya desde hacía cinco años. Con un giro medio inconsciente y no sin cierto sentimiento de vergüenza, se metió debajo del sofá, donde enseguida se sintió más a gusto, a pesar de que se aplastaba la espalda y de que no podía levantar la cabeza. Lamentó únicamente que su cuerpo fuera demasiado ancho como para instalarlo del todo debajo del sofá. Allí se quedó toda la noche, en parte en un semisueño del cual el hambre le despertaba una y otra vez, en parte sumido en preocupaciones mezcladas con imprecisas esperanzas que, indistintamente, le llevaban a la misma conclusión: de momento había de tener un comportamiento muy comedido, de infinito cuidado y paciencia, para que a la familia no se le hiciera insoportable la situación que, en su actual estado, se veía forzado a producir.

Temprano por la mañana —casi era de noche aún—, Gregorio tuvo la oportunidad de comprobar la consistencia de sus decisiones recién tomadas, pues, desde la antesala, la hermana, ya casi vestida, abrió la puerta y miró adentro con vivísima atención. No le encontró enseguida pero, cuando le descubrió debajo del sofá —¡por Dios, si no podía haber volado, en alguna parte tenía que estar!—, se asustó tanto que, sin poderse dominar, volvió a cerrar la puerta. Pero como si se arrepintiera de su conducta, la volvió a abrir al instante y entró de puntillas, como si fuera a ver a un enfermo gravísimo o a un extraño. Gregorio había estirado la cabeza hasta el borde del sofá y observaba. ¿Se daría cuenta la hermana de que no había tocado la leche? Y no por falta de hambre, ¡vive el cielo! ¿Traería otra clase de alimento? Si no lo hacía por sí misma, él preferiría morir de hambre antes de pedírselo. En realidad, tenía unas ganas tremendas de salir de debajo del sofá, echarse a los pies de la hermana y pedirle algo bueno de comer. Pero la hermana reparó enseguida en que la escudilla estaba llena; sólo unas gotas se habían desparramado en derredor. La recogió, no con las manos desnudas, sino con un trapo viejo, y la llevó afuera. Gregorio tenía mucha curiosidad por ver qué traería en sustitución y tuvo las más diversas ocurrencias al respecto. Pero jamás habría podido imaginar lo que la hermana hizo con su gran bondad. Para probar sus gustos, le trajo una colección de alimentos y los extendió sobre un periódico viejo. Había una verdura medio podrida, huesos de la cena anterior, rodeados de una salsa blanca y solidificada, pasas y almendras, un trozo de queso que hacía dos días Gregorio había declarado incomestible, una rebanada de pan seco, una rebanada de pan untada con mantequilla, más otra rebanada con mantequilla y sal. Aparte ponía la escudilla con agua. Parecía que esta escudilla se la habían adjudicado para siempre. Y por delicadeza, sabiendo que delante de ella Gregorio no comería, la hermana se fue a toda prisa y hasta dio la vuelta a la llave, para que Gregorio notara que podía comer a sus anchas. Las patas de Gregorio corrieron cuando a comer había tocado. Parecía que sus heridas se habían curado, pues ya no sentía ninguna molestia, lo que le sorprendió porque, hacía algo más de un mes, se había cortado el dedo con un cuchillo y todavía anteayer le había dolido. «¿Será que tengo ahora menos sensibilidad?», pensó mientras chupaba ávidamente el queso que, entre los manjares, le había atraído más. Con los ojos bañados en lágrimas de felicidad, comía el queso, la verdura y la salsa sucesivamente. Los manjares frescos, en cambio, no le gustaron nada y no podía soportar ni su olor. Por esto apartaba un poco las cosas que pensaba ingerir. Hacía tiempo que había terminado la comilona pero, por pereza, se había quedado en el mismo lugar. Ahora la hermana comenzó a girar la llave lentamente en señal de que Gregorio se debía retirar. Se precipitó debajo del sofá. Pero le costó lo indecible permanecer allí mientras la hermana estaba en la habitación, porque, debido a la abundante comida, se le había redondeado el vientre y Gregorio casi se ahogaba en su estrecho escondrijo. Sufriendo pequeños accesos de asfixia y con los ojos salidos de sus órbitas, observaba cómo la hermana, sin barruntar esos apuros, barría no sólo los residuos sino incluso lo que Gregorio ni había tocado, como si tampoco esto fuera ya aprovechable. Lo metió todo junto en un cubo y lo tapó con una tapa de madera. Cuando la hermana se encaminó hacia la puerta, Gregorio salió de su prisión, estirándose y resoplando.

Así recibía Gregorio diariamente su sustento, una vez por la mañana, cuando padres y criada aún dormían, y otra después del almuerzo, cuando los padres dormían la siesta y la chica había salido a algún recado. Ellos seguramente no querían que Gregorio muriese de hambre, pero no tomaban cartas en el asunto. Y la hermana no les hablaría de ello para no ocasionarles una pena más, pues ya sufrían bastante. Ignoraba con qué excusa se había despachado aquella primera mañana al médico y al cerrajero porque, como no se le entendía, nadie —ni siquiera la hermana— pensó que él sí entendía a los demás. Y así, cuando ella estaba con él en la habitación, se tenía que contentar con escuchar nada más que invocaciones a los santos y suspiros. Más tarde, cuando ella se había habituado un poco —nunca se podría habituar plenamente—, Gregorio pudo de cuando en cuando pescar alguna expresión que quería ser cariñosa o podía, al menos, ser interpretada así. «Hoy sí que le ha gustado», solía decir cuando Gregorio había dado buena cuenta de los manjares. En el caso contrario, que poco a poco se iba repitiendo con mayor frecuencia, decía casi con tristeza: «Otra vez lo ha dejado todo».

Pero si Gregorio no pudo enterarse directamente de ninguna novedad, sí oyó muchas cosas a través de las puertas. Desde donde quiera que oyese hablar, corría a la puerta correspondiente para ponerse en pie, pegado a ella. Sobre todo en los primeros tiempos no hubo conversación que no versara sobre él. Durante dos días deliberaron a la hora de comer sobre cómo tenían que comportarse; pero también entre las comidas se hablaba siempre del mismo tema, porque constantemente había por lo menos dos miembros de la familia, ya que nadie quería quedarse solo y tampoco se podía dejar la casa abandonada. Ya el primer día, la criada, de rodillas, había rogado a la madre que la dejara marcharse —no se sabía cómo se había enterado de lo sucedido, ni hasta qué punto comprendía la situación— y, cuando al cuarto de hora vino a despedirse agradeciendo con lágrimas que se la dejara partir, como si este fuera el mayor favor que se le podía hacer, pronunció, sin que nadie se lo hubiera pedido, un terrible juramento: no diría absolutamente nada a nadie.

Ahora la hermana tenía que ayudar a la madre a cocinar. Esto no implicaba mucho trabajo, pues casi no se comía. Siempre oía Gregorio cómo unos y otros se animaban a comer, y obtenían siempre la misma respuesta: «Gracias, ya está bien», o cosas por el estilo. Quizá tampoco bebían. La hermana preguntaba al padre si quería una cerveza, ofreciéndose a buscarla ella misma, y, al callarse el padre y para quitarle todo escrúpulo, añadía que también podría enviar a la portera a por ella. Entonces el padre profería un firme «no» y no se hablaba más de ello.

Ya en el curso de los primeros días el padre explicó tanto a la madre como a la hermana la situación económica en que se hallaban. De cuando en cuando se levantaba a sacar algún recibo o la libreta de notas de su pequeña caja fuerte «Wertheim» que había salvado de la bancarrota de hacía cinco años. Se le oía abrir y cerrar la complicada cerradura. Estas aclaraciones del padre fueron la primera cosa reconfortante que oyó Gregorio desde que se veía reducido a cautiverio. Había creído que no había quedado nada de aquel negocio, al menos el padre nunca le había dicho otra cosa. Verdad es que tampoco Gregorio le había preguntado acerca de ello. La única preocupación de Gregorio había sido entonces hacer lo que estuviera a su alcance para que la familia pudiera olvidar cuanto antes esa desgracia que les había sumido en la desesperanza. Y así comenzó a trabajar con extraordinario ardor, de modo que se convirtió casi de un día para el otro de un pequeño dependiente en viajante de comercio. Un viajante tenía otras posibilidades de ganar dinero. Sus éxitos se convertían en comisiones y éstas en dinero contante y sonante que se podía poner sobre la mesa de la casa. La familia estaba asombrada y feliz. Aquellos sí que fueron tiempos hermosos, tiempos que nunca más volvieron, al menos no en su primer esplendor, aunque Gregorio más tarde llegó a ganar dinero suficiente para afrontar él solo todos los gastos de la familia. Ésta, lo mismo que Gregorio, se había acostumbrado a ello; el dinero se aceptaba con gratitud y Gregorio lo daba con gusto, pero un auténtico calor ya no reinaba entre ellos. Sólo la hermana permaneció unida a Gregorio. Tenía el plan secreto de enviarla el año próximo al Conservatorio, pues, a diferencia de él, la hermana amaba la música y tocaba el violín de una manera encantadora. Si era verdad que esto ocasionaría importantes desembolsos, ya se cubrirían de algún modo. Durante las breves estancias de Gregorio en la ciudad, los dos hablaban del Conservatorio como de un hermoso sueño cuya realización era imposible. Los padres no querían oír estas inocentes ilusiones, pero Gregorio sí que lo pensó en serio y en la Nochebuena quería declarar su plan solemnemente.

Tales eran los ahora totalmente inútiles pensamientos que Gregorio revolvía en su mente mientras estaba pegado a la puerta. A veces una fatiga general le abatía y ya no podía escuchar; entonces se le caía la cabeza y daba contra la puerta. Pero enseguida la volvía a levantar, pues aun el leve ruido que había producido se notaba al otro lado, y los hacía enmudecer a todos. Después de un rato decía el padre, evidentemente en dirección a la puerta: «¿Qué estará haciendo otra vez?», y después la conversación volvía lentamente a su cauce.

Ahora Gregorio se enteró perfectamente, pues el padre lo repetía a menudo —en parte porque él mismo no se había ocupado del asunto durante algún tiempo, en parte porque la madre no entendía a la primera—, de que de los viejos tiempos había quedado un capitalito cuyo interés no había sido tocado y que había engrosado algo. Aparte de esto, el dinero que Gregorio traía todos los meses a casa —él sólo se reservaba una pequeña cantidad—, no se había gastado del todo y la economía familiar se había ido robusteciendo. Detrás de la puerta, Gregorio asintió entusiasmado con la cabeza, satisfecho de tanta suerte inesperada. Es cierto que con este dinero sobrante se habría podido ir pagando la deuda del padre y el día de su liberación habría estado más cercano. Pero, en estas circunstancias, las disposiciones del padre eran acertadas. A pesar de todo, este dinero era insuficiente para que la familia viviera de las rentas. Podría sostenerse durante un año, máximo dos, pero no más. Era una suma que, en lo posible, no había que tocar y que había que guardar para algún caso de emergencia. El dinero para vivir había que ganarlo. El padre era un hombre sano pero viejo que durante cinco años no había hecho nada. En estos cinco años —las primeras vacaciones en su vida fatigosa y desafortunada—, había engordado bastante. ¿Y cómo iba a ponerse a trabajar la madre? Sufría de asma, se cansaba con sólo recorrer la casa y uno de cada dos días lo pasaba acostada, con la ventana abierta de par en par a causa de los ahogos. ¿Y cómo iba a ganar dinero la hermana? Con sus diecisiete años aún era una niña que bien se merecía la buena vida que hasta ahora había podido llevar, arreglándose un poco, durmiendo mucho, ayudando en los quehaceres de la casa, participando en alguna diversión modesta y, sobre todo, tocando el violín. Siempre que se llegaba al extremo de hablar de la necesidad de ganar dinero, Gregorio se soltaba de la puerta, porque le entraba calor de tanta pena y vergüenza.

Muchas noches las pasaba Gregorio encima del sofá, sin dormir ni un instante y rascando el cuero durante horas. Otras veces se empeñaba en empujar la silla hasta la ventana. Apoyándose en ella, se encaramaba en el alféizar y, finalmente, en los cristales. Lo hacía por el vago recuerdo de que antes siempre le había relajado mirar por la ventana. Veía las cosas, aun las cercanas, de día en día más borrosas. El hospital cuya vista había maldecido tantas veces, ahora ya ni lo divisaba y, si no hubiera sabido que vivía en la tranquila pero metropolitana calle Carlota, habría podido creer que su ventana daba a un desierto donde el cielo gris y la tierra gris se confundían. La hermana sólo necesitaba ver dos veces que Gregorio había empujado la silla hasta la ventana para dejarla, en adelante, siempre allí, e incluso dejaba abierta la hoja interior de la ventana.

Si Gregorio sólo hubiera podido hablar con la hermana y agradecerle lo que hacía por él, le habría sido más llevadero aceptar sus cuidados. Pero así le hacían sufrir. La hermana trató de disimular el desagrado que le causaba todo esto y, cuanto más tiempo pasaba, mejor lo conseguía. Pero el mismo Gregorio se iba dando cuenta de muchas cosas. Su simple entrada era algo terrible para él. Apenas dentro y sin tomarse el tiempo de cerrar la puerta para que nadie le viera, corría a la ventana, la abría de par en par como si estuviera a punto de asfixiarse e, hiciera el frío que hiciera, se detenía allí respirando profundamente. Con estas prisas sobresaltaba a Gregorio dos veces al día. Todo el tiempo se ocultaba debajo del sofá. Bien sabía que, si de algún modo le hubiera sido posible a la hermana permanecer con la ventana cerrada, lo habría hecho.

Una vez —habría pasado un mes desde la metamorfosis de Gregorio— cuando ya no había motivo para que la hermana se alterase por su aspecto, ésta vino un poco antes que de costumbre y le encontró, con su espantosa figura, arrimado a la ventana. No le habría extrañado que no entrase, ya que, con él por delante, no la podría abrir. Pero no sólo esto, sino que dio un brinco hacia atrás, cerró la puerta de golpe. Naturalmente, Gregorio se escondió inmediatamente debajo del sofá, pero tuvo que esperar hasta el mediodía para que volviera y mucho más nerviosa que de costumbre. Comprendió que su visión era intolerable, que lo seguiría siendo, y que a ella le costaba un enorme esfuerzo no salir corriendo con sólo ver la pequeña parte de su cuerpo que asomaba por debajo del sofá. Para ahorrarle también esta visión, un día trasladó sobre su espalda —le costó un trabajo de cuatro horas— la sábana de la cama al sofá, donde la dispuso de manera que le cubriese totalmente; ni agachándose la hermana le podría ver. Si ella hubiera juzgado que la sábana era superflua, la habría podido retirar, pues era obvio que para Gregorio no era un placer aislarse tan absolutamente. Pero ella la dejó como estaba. Levantándola un poquitín con la cabeza para ver cómo tomaba la hermana su nueva instalación, incluso creyó descubrir en ella una expresión de alivio.

Durante los primeros quince días, los padres no se sintieron con valor para entrar en la habitación de Gregorio. Muchas veces oía cómo elogiaban a la hermana por la tarea que había tomado sobre sí. Antes siempre la solían regañar por su inutilidad. Frecuentemente la esperaban a la salida de la habitación, para que les contase con pelos y señales cómo había encontrado el cuarto, qué había comido Gregorio, cómo se había comportado y si no se podía apreciar una pequeña mejoría.

La madre quería visitar a Gregorio relativamente pronto, pero el padre y la hermana la disuadieron con muchas razones que Gregorio escuchó y aprobó plenamente. Más tarde fue necesario retenerla por la fuerza, y cuando gritaba «¡dejadme ir con Gregorio, mi hijo desgraciado!, ¿no comprendéis que tengo que ir con él?», a Gregorio se le antojaba que acaso sería bueno que viniera la madre, aunque naturalmente no todos los días, pero quizá una vez por semana. Ella comprendería todo mucho mejor que la hermana que, con toda su valentía, no era más que una niña y que, en última instancia, había tomado sobre sí esta pesada carga sólo por una especie de inconsciencia infantil.

El deseo de Gregorio de ver a la madre se cumplió pronto. Por consideración a los padres, durante el día Gregorio no quería dejarse ver en la ventana. Pero sobre los pocos metros cuadrados del suelo no podía caminar gran cosa; quedarse quieto durante toda la noche ya le costaba. Comer no le proporcionaba ni el menor placer. Así, tomó la costumbre de distraerse recorriendo las paredes y el techo. En especial, le gustaba estar colgado del techo; era otra cosa que estar tirado en el suelo; se respiraba mejor y una leve vibración recorría el cuerpo. Y, en un momento de feliz abandono, podía ocurrir que, para sorpresa suya, se soltara y, plaf, aterrizara en el suelo. Ahora dominaba su cuerpo mucho mejor que antes y no se hacía daño al caer de tan gran altura. La hermana se dio cuenta enseguida del nuevo entretenimiento que Gregorio había encontrado, pues al andar dejaba algún rastro de su líquido viscoso. A la hermana se le metió en la cabeza que había que facilitarle el ejercicio sacando del cuarto los muebles que le estorbaban, sobre todo el armario y el escritorio. Pero no podía sola y no se atrevía a pedirle ayuda al padre. La nueva criada —una chiquilla de dieciséis años— con toda seguridad no le habría ayudado tampoco. Aguantaba valientemente desde que se fue la cocinera, pero desde el principio había pedido el favor de poder mantener la puerta de la cocina cerrada, la abría sólo contra santo y seña. Así, la hermana no tuvo más remedio que, durante una ausencia del padre, ir en busca de la madre. Ésta se acercó enseguida dando voces de alegría, pero al llegar a la puerta se quedó callada. Primero entró la hermana a ver si todo estaba en orden, luego dejó pasar a la madre. A toda prisa Gregorio había bajado la sábana aún más; al mismo tiempo, le había dado unos pliegues más amplios; parecía enteramente una sábana echada al azar. Esta vez se abstuvo Gregorio de espiar desde debajo del sofá; renunció a ver a la madre. Sólo se alegraba de que, al fin, hubiera venido. «Ven —dijo la hermana—, no se le ve». Evidentemente llevaba a la madre de la mano. Ahora Gregorio oyó cómo las dos frágiles mujeres empujaban el viejo y pesado armario; la hermana se empeñaba en hacer la parte del león en el trabajo, sin hacer caso a los ruegos de la madre, que temía que se cansara demasiado. Tardaban mucho. Seguían empujando pero, al cuarto de hora, la madre dijo que sería mejor dejar el armario donde estaba antes, porque, en primer lugar, pesaba demasiado y no podrían acabar antes de que llegara el padre, y tampoco lo podían dejar en medio de la habitación, pues obstruía el camino a Gregorio. En segundo lugar, dijo que no estaba segura de que se le hacía un favor a Gregorio quitando los muebles. A ella le parecía que todo lo contrario. La pared desnuda a ella le oprimía el corazón. ¿No le pasaría lo mismo a Gregorio, pues estaba acostumbrado a los muebles, y no se sentiría muy solo en una habitación vacía? «¿Y no será —añadió en un susurro, como para que Gregorio del que ni sabía dónde estaba escondido, no oyese el tono de su voz, ya que estaba convencida de que no entendía sus palabras—, «no será como si, alejando los muebles, diéramos a entender que hemos perdido toda esperanza y que le abandonamos? Creo que sería mejor dejar la habitación tal como estaba, para que cuando Gregorio vuelva a nosotros lo encuentre todo normal y así le sea más fácil olvidar lo pasado». Al oír estas palabras, Gregorio comprendió que la falta de todo diálogo directo con los humanos, junto con la vida aislada en medio de su familia, le debían haber trastornado el juicio, pues de otra manera era inexplicable que hubiese podido desear seriamente que vaciasen su habitación. ¿Tenía realmente ganas de que su cálida habitación amueblada con muebles heredados, se convirtiese en una cueva donde, efectivamente, podría arrastrarse en todas direcciones pero a costa del total olvido de su pasado humano? Ya de por sí estaba a punto de olvidar, la voz de la madre le conmovió. ¡No había que sacar nada! No podía prescindir de los efluvios de los muebles; aunque los muebles le estorbaban en su ir y venir, esto no era un perjuicio, sino una gran ventaja.

Pero la hermana tenía otra opinión. No sin fundamento se había acostumbrado a hacer, en las cosas de Gregorio, el papel de experta, y ahora el consejo de la madre era razón más que suficiente para que se empeñara en que no sólo el armario y el escritorio, sino todos los muebles, a excepción del sofá, debían desaparecer. No eran únicamente esa especie de terquedad infantil y la seguridad en sí misma tan dolorosamente adquirida en el último tiempo los puntos de vista que la inducían a esta decisión. Había realmente observado que Gregorio necesitaba mucho espacio para moverse y que los muebles, era evidente, no le servían para nada. Pero también debía influir un cierto romanticismo propio de chiquillas de su edad, romanticismo con el que teñían todas las circunstancias. ¿No sería que quería hacer la situación de Gregorio aún más pavorosa de lo que era, sólo para hacerse aún más indispensable? Porque, a una habitación donde sólo un Gregorio dominaba las desnudas paredes, nadie se atrevería jamás a entrar, salvo ella misma.

Y así, la hermana no se dejó disuadir por la madre, la cual, además, se sentía muy insegura en este lugar y se calló pronto, ayudando a la hermana con todas sus fuerzas a sacar el armario. Bueno, si no había más remedio, Gregorio podía renunciar al armario, pero estaba decidido a defender el escritorio. Apenas las mujeres habían dejado la habitación empujando el armario entre gemidos, Gregorio sacó la cabeza de debajo del sofá para ver cómo podría intervenir con cautela y mano izquierda. Por desgracia, la madre era la primera en regresar mientras que Greta, en el cuarto de al lado, quedaba abrazada al armario, balanceándolo de un lado a otro sin que se moviera del lugar. Pero la madre no estaba acostumbrada a ver a Gregorio, su vista la podría enfermar, así que Gregorio se precipitó otra vez debajo del sofá, aunque no pudo evitar que la sábana se moviera un poco. Esto fue suficiente para alertar a la madre. Ésta quedó un momento indecisa y luego fue a buscar a Greta.

Ahora Gregorio se repetía una y otra vez que no pasaba nada si algunos muebles cambiaban de lugar. Pero pronto se sintió abrumado por el barullo que armaban las mujeres con su ir y venir, sus pequeñas exclamaciones y el chirriar de los muebles en el suelo. Por mucho que encogiera las patas y la cabeza y apretara la barriga contra el suelo, no podría aguantar mucho tiempo. Le vaciaban la habitación; le quitaban lo más querido; el armario donde tenía guardado el serrucho y otras herramientas ya se lo habían llevado; ya estaban aflojando el escritorio firmemente atornillado al suelo, donde él había hecho sus deberes cuando era alumno de la academia comercial, de la secundaria y hasta de la primaria. Ya no era capaz de sopesar las buenas intenciones de las dos mujeres, de las que —además— casi se había olvidado, pues el agotamiento las había hecho enmudecer. Ya sólo se oían las pisadas.

Y así —cuando la madre y la hermana se apoyaban en el cuarto de al lado un rato sobre el escritorio, para tomar aliento— salió de su escondite y echó a andar. Cambió cuatro veces de dirección, pues no sabía qué salvar primero. Entonces le llamó la atención el cuadro de la dama ataviada con pieles que colgaba solitario de la pared, trepó a él y apretujó su calenturiento vientre contra el frío cristal. Esto le hacía bien. Al menos, este cuadro que Gregorio tapaba por entero no se lo podrían llevar. Volvió la cabeza para ver regresar a las mujeres. No se habían permitido un gran descanso, pues ya estaban de vuelta. Greta rodeaba a la madre con un brazo y casi la llevaba en vilo. «¿Qué sacaremos ahora?», preguntó Greta y echó una ojeada en torno. Entonces se cruzó su mirada con la de Gregorio. Únicamente por la presencia de la madre conservó la compostura; inclinó la cabeza sobre la cara de la madre, para impedir que pudiese mirar en todas direcciones, y dijo temblando e irreflexivamente: «Ven, ¿no será mejor que vayamos un rato a la sala?». Para Gregorio, la intención de la hermana estaba clara: quería poner a la madre a salvo y luego volver para espantarle de la pared. ¡Que lo probara! El estaba pegado a su cuadro y no lo soltaría. Antes saltaría a la cara de la hermana.

Pero las palabras de la hermana habían alertado a la madre. Se apartó y vio la enorme mancha marrón sobre el papel floreado y, antes de que cayera realmente en la cuenta de que esto era Gregorio, exclamó con voz ronca: «¡Oh Dios, oh Dios!», y cayó con los brazos abiertos sobre el sofá. «¡Tú, Gregorio!», gritó la hermana con el puño levantado y mirada fulminante. Desde su metamorfosis, eran las primeras palabras que le había dirigido directamente. Luego corrió al dormitorio para buscar alguna esencia que sacara a la madre del desmayo; Gregorio también quería ayudar —tiempo habría para salvar el cuadro—, pero estaba firmemente adherido al cristal y tuvo que arrancarse con fuerza. Corrió a la otra habitación como si pudiera dar un consejo a la hermana, como en los viejos tiempos; pero se quedó parado detrás de ella, sin hacer nada. Ella estaba revolviendo los frasquitos en busca del que convenía, cuando se asustó con su presencia. Dejó caer uno, que se rompió, y un fragmento hirió a Gregorio en la cara —era una medicina corrosiva que se expandía alrededor de él—. Entonces, la hermana agarró tantos frasquitos como pudo y corrió adonde estaba la madre. Cerró la puerta de un puntapié. Ahora Gregorio tenía cerrado el camino a la madre, quien, vaya uno a saber, quizá se estaba muriendo por su culpa. No debía abrir la puerta si no quería espantar a la hermana, quien bajo ningún concepto debía apartarse de la madre. No podía hacer otra cosa que esperar. Y, acosado por autorreproches y temores, comenzó a arrastrarse. Se arrastró por todo: muebles, paredes, cielo raso. Finalmente, desesperado y con la sala dándole vueltas, cayó en medio de la gran mesa.

Pasó un rato; Gregorio yacía extenuado; todo estaba en silencio, lo que quizá era una buena señal. Entonces tocaron el timbre. Naturalmente, la muchacha estaba encerrada en su cocina y tuvo que ir a abrir la hermana. Venía el padre. «¿Qué ha pasado?», fueron sus primeras palabras. El aspecto de Greta debió haberle revelado algo. Greta contestó con voz quebrada: «Mamá tuvo un desmayo, pero ya está mejor. Gregorio se ha escapado». «Esto es lo que esperaba —dijo el padre—, siempre os lo he dicho, pero vosotras las mujeres no queréis oír». Para Gregorio estaba claro que el padre había interpretado mal la excesivamente breve explicación de la hermana y que suponía que Gregorio había cometido algún acto brutal. Comprendió que antes que nada había que aplacar al padre, porque no había ahora tiempo ni posibilidad para informarle mejor. Así que huyó hacia la puerta de su cuarto y se apretó contra ella, para que el padre desde el vestíbulo pudiera ver que tenía toda la intención de desaparecer. No había necesidad de apremiarle, sólo abrir la puerta.

Pero el padre no estaba de humor como para fijarse en delicadezas. «¡Ah!», exclamó al entrar en un tono furioso y triunfante a la vez. Gregorio separó la cabeza de la puerta y la levantó hacia el padre. Nunca se había imaginado al padre como estaba ahora ahí, en pie. En el último tiempo, de tanto arrastrarse de acá para allá, había descuidado la observación de lo que pasaba en la casa; debería haber supuesto que algo había cambiado. Sin embargo, ¿era éste, todavía, el padre? ¿Era todavía el mismo hombre que, cansado, estaba sepultado en la cama cuando Gregorio salía de viaje? ¿El mismo hombre que, cuando regresaba de noche, le recibía en bata, sentado en su sillón, del que le costaba levantarse, que sólo alzaba los brazos en señal de bienvenida? El mismo hombre quien, en los raros paseos que daba la familia algún domingo o día festivo, caminaba entre la madre y Gregorio, que ya de por sí iban despacio. Pero el padre avanzaba siempre más despacio aún, empaquetado en su viejo abrigo y apoyándose en su bastón. Cuando quería decir algo, todos se tenían que parar alrededor de él. Ahora, en cambio, estaba allí bastante erguido. Llevaba un uniforme azul, bien ajustado y con botones de oro, como suelen llevar los ordenanzas de los bancos; por encima del cuello duro asomaba una papada doble; por debajo de las pobladas cejas brillaban unos ojos negros y penetrantes; el pelo, generalmente desgreñado, estaba bien peinado y lucía una raya perfectamente recta. Ahora tiró el gorro —provisto de un monograma de oro que sería el del banco— a través de toda la sala sobre el sofá y, echadas hacia atrás las alas de su larga levita, las manos en los bolsillos del pantalón, se acercó a Gregorio con cara sañuda. Quizá él mismo no sabía bien lo que iba a hacer. Al andar, levantaba mucho los pies y Gregorio se asombró del enorme tamaño de sus suelas. Pero no meditó sobre ello, pues sabía desde el primer día que el padre consideraba que había que tratarle con la mayor severidad. Y así corría delante del padre, se paraba cuando éste se detenía y, al menor movimiento, echaba de nuevo a correr. De este modo dieron varias vueltas alrededor de la sala sin que se produjera nada irreparable, incluso sin que, debido a su ritmo lento, esto aparentara ser una persecución. Gregorio permanecía en el suelo, porque temía que el padre interpretara una huida por la pared o el techo como una malicia especial. Por cierto que Gregorio sabía que no aguantaría por mucho tiempo esta carrera; mientras que el padre daba un paso, él tenía que ejecutar un sinnúmero de movimientos. Ya le faltaba el aliento —nunca había poseído unos pulmones muy fuertes—. En los breves intervalos de la carrera trataba de recuperar sus fuerzas cerrando los ojos, pues todo parecía tambalearse a su alrededor; en su embotamiento, ni pensó en otra salvación que en la de correr. Ya ni se acordó de las paredes —taponadas, por cierto, por muebles profusamente tallados y con muchas puntas y picos—, cuando algo, tirado con poco ímpetu, voló cerca de él y rodó por el suelo. Era una manzana, seguida rápidamente por otra; Gregorio se detuvo asustado; seguir corriendo era inútil, pues, por lo visto, el padre había decidido bombardearle. Del frutero se había llenado los bolsillos y tiraba, sin mucha puntería, manzana tras manzana. Estas rojas manzanitas corrían como electrizadas por el suelo, entrechocando. Una rozó la espalda de Gregorio pero sin hacerle mayor daño. Otra, en cambio, que vino inmediatamente detrás, literalmente se incrustó en su espalda. Gregorio quería seguir arrastrándose, como si el dolor increíble e inesperado pudiera desaparecer con un cambio de lugar. Pero por muchos esfuerzos que hacía, se quedó clavado y los sentidos se le nublaron. Con una última mirada pudo ver cómo se abría bruscamente la puerta de su habitación. La madre —en camisa, pues la hermana le había quitado el corpiño para que respirara mejor—, adelantándose a la hermana vociferante, se abalanzó sobre el padre. En el camino se le iban cayendo las faldas desanudadas, enredándola. La vista le fallaba a Gregorio, pero vio cómo la madre se echaba en los brazos del padre y, en perfecta unión con él, cogía su cabeza en sus manos y rogaba por la vida de Gregorio.

III

La grave herida le hizo sufrir durante más de un mes. Como nadie se atrevía a extraer la manzana de su espalda, aquélla quedó metida en su carne como vivo recuerdo de lo ocurrido. Hasta le recordaba al padre que Gregorio, a pesar de su triste y repulsiva apariencia actual, era al fin y al cabo un miembro de la familia, al que no se podía tratar como a un enemigo; era un deber tragarse la repugnancia y tolerarle, pero sólo tolerarle.

Gregorio había perdido probablemente para siempre su movilidad anterior; para atravesar su cuarto necesitaba largos, largos minutos, como si fuera un viejo inválido; trepar por las paredes era imposible. Pero, a pesar del terrible empeoramiento de su situación, Gregorio consideraba que quedaba largamente compensado por el hecho de que ahora todas las tardes se abría la puerta que daba a la sala de estar. Ya dos horas antes estaba acechando el momento. Una vez abierta, él se quedaba agazapado en la oscuridad, invisible desde la sala. Pero él podía ver a la familia reunida alrededor de la mesa iluminada; podía escuchar, con permiso de todos, por decirlo así, lo que hablaban.

Claro que ya no era la animada charla de tiempos pasados; charla que siempre había añorado cuando, cansado, se metía entre las húmedas sábanas de una modesta habitación de hotel. El padre pronto se quedaba dormido en su sillón; madre y hermana guardaban silencio; la madre, arrimándose a la luz, cosía lencería fina para una tienda de modas; la hermana, que se había colocado de vendedora, estudiaba por la noche taquigrafía y francés, con la esperanza de mejorar un día su posición. De cuando en cuando el padre se despertaba, como si no supiera que había dormido, y decía a la madre: «¡Hasta cuándo estarás cosiendo hoy!», quedándose dormido otra vez mientras que madre y hermana intercambiaban unas sonrisas furtivas.

Obstinadamente, el padre se negaba a quitarse ni siquiera en casa el uniforme; mientras la bata colgaba sin uso de la percha, el padre dormitaba completamente trajeado, como si estuviera siempre a punto de entrar en servicio y no hiciera sino esperar la voz de su jefe. Por esto, el uniforme, que ya desde el principio no había sido del todo nuevo, iba perdiendo su pulcritud a pesar de los cuidados de la madre y la hermana. Gregorio miraba horas y horas este vestido lleno de manchas y de botones relucientes, en el que el padre dormía incómoda pero tranquilamente.

Al dar el reloj las diez, la madre trataba de despertar al padre y de convencerle de que fuera a la cama, ya que aquí no descansaba bien. Insistía e insistía, aunque en voz baja. El padre necesitaba un buen sueño ya que a las seis tenía que estar en su puesto. Pero con la obstinación que le caracterizaba desde que era un ordenanza, siempre se empeñaba en quedarse más tiempo sentado a la mesa e irremediablemente dormido; costaba trabajo conseguir que cambiara el sillón por la cama. Por mucho que le pidiesen cariñosamente que se acostara, sólo movía la cabeza y no se decidía a levantarse. La madre le tiraba de la manga, le decía cosas al oído. La hermana abandonaba la tarea para colaborar con la madre, pero el padre no se daba por enterado y sólo se hundía más profundamente en la butaca. Sólo cuando las mujeres le cogían por debajo de las axilas, abría los ojos, miraba de una a otra y decía: «¡Qué vida esta! ¿Este es el descanso de mis viejos días?». Y, apoyado en las dos mujeres, se levantaba tan pesadamente como si fuera para sí mismo la mayor carga, se dejaba guiar por ellas a la puerta, les hacía señas de no seguirle y avanzaba por su propio pie. Pero la madre tiraba la costura, la hermana la pluma para correr detrás de él y echarle una mano en la difícil operación de meterse en la cama.

¿Quién en esta familia sobrecargada de trabajo y de cansancio habría podido ocuparse de Gregorio más de lo estrictamente necesario? Los trabajos de la casa se fueron reduciendo paulatinamente; la joven criada fue despedida. Una sirvienta enorme y huesuda venía todas las mañanas y tardes para hacer el trabajo más pesado; lo demás lo hacía la madre aparte de su costura. Algunas alhajas que a la madre y la hermana les había encantado lucir en ocasiones festivas se habían vendido; Gregorio se había enterado cuando, de noche, especulaban sobre el dinero obtenido. La mayor queja de todos era siempre la imposibilidad de mudarse de casa. En las actuales circunstancias, el piso era demasiado grande, pero, ¿cómo trasladar a Gregorio? A Gregorio no se le escapaba que él no era el único obstáculo para que tomaran una decisión. No era tan difícil transportarle en un cajón con unos cuantos agujeros para que pudiese respirar. En realidad, les abatía la desesperanza, la conciencia de haber sido golpeados por una desgracia singular. Cumplieron hasta el último extremo lo que el mundo exige de los pobres: el padre, buscando el desayuno a los más insignificantes empleados del banco; la madre, sacrificándose por la ropa de gente extraña, y la hermana, corriendo detrás del mostrador a capricho de los clientes. Las fuerzas no alcanzaban para más. Y la herida en la espalda de Gregorio dolía de nuevo cuando la madre y la hermana volvían a acostar al padre y, sin retomar el trabajo, se sentaban juntas, mejilla contra mejilla. Ahora la madre decía: «Cierra la puerta, Greta», y Gregorio quedaba sumido en la oscuridad, mientras las mujeres lloraban o, vaya uno a saber, miraban la mesa con los ojos fijos y sin una lágrima.

Gregorio se pasaba las noches y los días casi sin dormir. A veces pensaba que, al abrirse la puerta la próxima vez, él iba a adelantarse para tomar los asuntos de la familia en sus manos, como antes. En su mente reaparecieron el jefe y el procurador, el oficial y los aprendices, el mozo de cortas luces, dos o tres amigos de otros negocios, una camarera de un hotel provinciano —un recuerdo querido y fugaz—, una cajera de una tienda de sombreros a la que había hecho la corte en serio aunque no con suficiente prisa... Todos ellos emergían mezclados con gente extraña o ya olvidada. Pero en lugar de ayudarle a él y a su familia, se mostraban inasequibles, de modo que se sintió aliviado cuando volvieron a desaparecer. Otras veces no se sentía en absoluto con humor para ocuparse de la familia y sólo estaba furioso por lo mal que le atendían. Y, a pesar de que nada le apetecía, hacía planes. ¿Cómo podría meterse en la despensa y tomar para sí lo que por derecho le correspondía aunque no tuviera hambre? La hermana, sin importarle lo que le podría gustar, todas las mañanas y tardes antes de ir al trabajo empujaba con el pie cualquier cosa comestible dentro de la habitación. Y por la noche, sin reparar en si había comido o no —esto último era lo más frecuente—, sacaba todo con un escobazo. Ahora recogía la habitación por la noche y a toda velocidad. A lo largo de las paredes se acumulaba la suciedad, en el suelo había ovillos de polvo y pelusa. Durante un tiempo, Gregorio se puso en los sitios más afectados como para reprocharle su negligencia. Pero se habría podido quedar semanas allí sin que la hermana le hiciera caso. Ella veía la suciedad lo mismo que él pero, por lo visto, había decidido dejarla. Al mismo tiempo velaba celosamente, para que nadie le usurpara el derecho de ocuparse de la habitación; toda la familia parecía compartir su susceptibilidad en este punto.

No obstante, la madre hizo una vez limpieza a fuerza de varios cubos de agua. La humedad le molestaba y, amargado e inmóvil, Gregorio permaneció todo el tiempo encima del sofá. La madre no tardó en recibir su castigo. Porque, apenas se dio cuenta la hermana del cambio que se había producido durante su ausencia, corrió muy ofendida a la sala, donde, a pesar de que la madre levantaba las manos suplicante, rompió en un ataque de llanto. Del susto, el padre dio un respingo en el sillón. En el primer momento ninguno de los dos sabía qué hacer. Al fin reaccionaron. Por un lado, el padre reprochaba a la madre que no hubiera dejado la limpieza a la hermana, y por el otro, gritó a la hermana que nunca más le permitiría que limpiara la habitación. Mientras la madre trataba de arrastrar al enloquecido padre al dormitorio y la hermana, sacudida por los sollozos, golpeaba la mesa con sus puños, Gregorio emitía sonidos de furia, porque a nadie se le ocurría cerrar la puerta para ahorrarle esta escena y el alboroto. Aunque la hermana estuviese extenuada por el trabajo y harta de ocuparse de Gregorio como antes, no había necesidad de que se ocupara la madre. Tampoco había por qué dejarle abandonado, pues estaba la sirvienta. Esta viuda que, sin duda, había sobrevivido a los embates de la vida gracias a su robusta osamenta, no sentía una verdadera repugnancia hacia Gregorio. No por curiosidad, sino casualmente, había una vez abierto la puerta. Sorprendido, sin que ella le espantara, Gregorio había echado a correr. Ella se le quedó mirando, las manos juntas en el regazo. Desde entonces ningún día, mañana y tarde, dejó de abrir un poco la puerta para echarle un vistazo. Al principio, le llamaba con palabras que ella creía amistosas: «¡Ven acá, viejo escarabajo!» o «¡mirad, qué escarabajo estercolero!». Gregorio no contestaba a tales manifestaciones. Se quedaba en su lugar como si nadie hubiera abierto la puerta. Ojalá hubieran mandado a esta mujer que le limpiara la habitación todos los días. Así haría algo útil en vez de irrumpir en el cuarto siempre que le daba la gana. Una mañana —una fuerte lluvia azotaba los cristales, quizá anunciando la primavera— la sirvienta entró otra vez y Gregorio se amargó tanto que se encaminó hacia ella como si la fuera a atacar. En lugar de atemorizarse, la sirvienta levantó la silla más cercana. Aquí estaba, boquiabierta, y sólo cerraría la boca después de haber descargado el golpe sobre la espalda de Gregorio. Entonces él dio la vuelta. Ella dijo: «¿Así que no seguimos adelante?», y dejó la silla tranquilamente en el rincón.

Gregorio ya casi no comía. Cuando por casualidad pasaba por delante de la comida, tomaba como jugando un bocado, lo mantenía durante horas en la boca, para escupirlo finalmente. Primero pensó que era la pena por el estado en que había quedado su habitación, pero eran justamente las modificaciones con las que más pronto se había reconciliado. Habían contraído la costumbre de meter cosas que no cabían en otra parte, pues habían alquilado una habitación a tres huéspedes y sobraban muchas cosas. Todos estos señores tan formales —los tres llevaban barba como Gregorio tuvo ocasión de ver— exigían mucho orden no sólo en su habitación, sino en toda la casa y, en especial, en la cocina. No soportaban cachivaches superfluos y menos si estaban sucios. Además se habían traído la mayor parte de sus muebles. Esto hacía que sobraran muchas piezas que no eran vendibles pero que nadie quería tirar. Todas ellas iban camino de la habitación de Gregorio, lo mismo que el cajón de las cenizas y el de la basura. Todo lo que por el momento no servía, lo tiraba —simplemente— la sirvienta en el cuarto de Gregorio. Generalmente, éste no veía más que la mano que arrojaba el objeto. Acaso la sirvienta pensaría volver por estas cosas cuando le hicieran falta o, cuando tuviera tiempo, echarlas juntas a la basura. El hecho es que ahí quedaban, en el mismo sitio donde habían venido a caer, a no ser que Gregorio las empujara en sus deambulaciones, ya que no quedaba sitio por donde caminar. Si al principio lo hacía por necesidad, ahora lo hacía con creciente placer, aunque después de tales esfuerzos se sentía mortalmente cansado y triste y se quedaba quieto durante horas.

Como los inquilinos cenaban de cuando en cuando en la sala de estar, muchas noches la puerta permanecía cerrada; pero Gregorio renunciaba fácilmente a su privilegio, ya que muchas veces ni lo aprovechaba, quedándose, sin que la familia se diera cuenta, en el rincón más oscuro y sin mirar. Pero una vez la sirvienta dejó la puerta entreabierta y así quedó, incluso cuando más tarde los inquilinos entraron en la sala y se encendió la luz. Se sentaron a la mesa donde en otros tiempos se habían sentado el padre, la madre, la hermana y él mismo, desplegaron las servilletas y cogieron los cuchillos y tenedores. Inmediatamente apareció la madre con una fuente de carne, y tras ella, la hermana con una montaña de patatas. La comida echaba vapor. Los caballeros se inclinaban sobre las fuentes como si quisieran examinarlas antes de empezar a comer. En efecto, el caballero que estaba sentado a la cabecera y que parecía ser la autoridad, partió un trozo de carne aún en la fuente, evidentemente para probar si era suficientemente tierna o había que devolverla a la cocina. Quedó satisfecho, y madre y hermana, que lo habían observado con atención, respiraron aliviadas y comenzaron a sonreír. La familia comía en la cocina. Pero antes, el padre siempre entraba en la sala haciendo una reverencia y, gorra en mano, daba una vuelta alrededor de la mesa. Los tres caballeros se levantaban al unísono y murmuraban algo. Le extrañaba a Gregorio que entre los ruidos del comedor siempre destacasen los dientes en su acción de masticar. Parecía que le querían demostrar que para comer se necesitaban dientes y que las mandíbulas sin dientes no sirven para nada. «¡Tengo hambre! —se dijo Gregorio preocupado—, pero no me apetecen esas cosas. Me moriría si me alimentase como esos señores».

Justo la noche en que la puerta quedó entreabierta, se dejó oír el violín desde la cocina. Gregorio no había vuelto a oír el violín durante todo ese tiempo. Los caballeros habían terminado de cenar. El de en medio había sacado el periódico y entregado una hoja a los otros dos. Ahora leían reclinados en sus butacas y fumaban. Cuando comenzó a sonar el violín, se levantaron y, de puntillas, fueron al vestíbulo, donde quedaron de pie. Se les debió haber oído desde la cocina, pues el padre dijo en voz alta: «¿Les molesta a los señores la música? Si es así, puede cesar inmediatamente». «Al contrario —contestó el señor de en medio—, ¿no le gustaría a la señorita venir a la sala? La sala es más confortable». «Con mucho gusto», respondió el padre como si fuera él quien tocaba. Los señores volvieron a la sala y esperaron. Pronto apareció el padre con el atril, la madre con las partituras y la hermana con el violín. La hermana lo preparó todo con mucha calma. Los padres, que nunca habían tenido inquilinos y por esto exageraban la cortesía hacia ellos, no se atrevieron a tomar asiento en sus propios sillones. El padre quedó apoyado en la puerta con la mano derecha metida entre botón y botón de la chaqueta abrochada. Pero uno de los señores ofreció a la madre una butaca y ella se sentó en donde le habían indicado, en un rincón apartado.

La hermana comenzó a tocar. Padre y madre, cada uno desde su sitio, seguían atentamente los movimientos de sus manos. Atraído por los sones, Gregorio se había adelantado un poco y ya sacaba la cabeza fuera de la habitación. Apenas le sorprendió que, últimamente, guardara tan poca consideración para con los demás; antes había estado orgulloso de ser tan circunspecto. A todo esto, ahora más que nunca habría tenido motivos para esconderse, porque, a causa del polvo que había en su habitación que se levantaba al menor movimiento, él mismo estaba muy sucio. Arrastraba, sobre su espalda y en los costados, hilachas, pelos y restos de comida; su apatía era demasiado grande como para echarse de espaldas como antes y restregarla contra la alfombra. Y, a pesar de encontrarse en semejante estado, no tuvo reparo en avanzar sobre el suelo inmaculado de la sala. Nadie se fijaba en él. La atención del padre y de la madre estaba acaparada por el violín. En cambio, los señores que, al principio, se habían apostado con las manos en los bolsillos detrás del atril, desde donde podían leer cada nota, lo que tenía que molestar a la hermana, pronto se retiraron cabizbajos a la ventana, donde hablaban a media voz. El padre los observaba preocupado. Era evidente que su expectativa de oír algo bonito había sido defraudada, que estaban hartos del violín y que sólo por educación no dejaban la sala en busca de su tranquilidad. La manera de echar el humo por boca y nariz hacia arriba delataba un gran nerviosismo. Y no obstante, la hermana tocaba bien; la cara inclinada hacia un lado, sus ojos seguían atentos y tristes la partitura. Gregorio avanzó otro poco, con la cabeza pegada al suelo. Deseaba cruzar una mirada con ella. ¿Sería él una fiera si la música le emocionaba tanto? Era como si husmeara el aliento largamente anhelado. Estaba decidido a llegar hasta la hermana, tirarla de la falda para indicarle que fuese con el violín a su cuarto, pues nadie aquí celebraba su arte como él lo haría. Nunca más la hermana debería salir de su habitación, al menos mientras él viviera. Por primera vez, su horrible figura serviría para algo: estaría en todas las puertas a la vez para expulsar a los intrusos. Estaba claro que la hermana no debía quedarse con él por la fuerza, sino por su propia voluntad. Debía sentarse a su lado en el sofá, inclinarse sobre él y entonces le diría al oído que había tenido el propósito de enviarla al Conservatorio y que, de no sobrevenir la desgracia, lo habría anunciado así en la última Navidad —las Navidades ya habían pasado, ¿verdad?—, sin importarle las objeciones de los padres. Después de esta declaración, la hermana se echaría a llorar y él, Gregorio, se encaramaría para besarle el cuello que, desde que iba a la tienda, llevaba sin cintilla ni otro adorno.

«¡Señor Samsa!», gritó el señor de en medio, apuntando con el índice en dirección a Gregorio. El violín enmudeció. El señor de en medio primero cambió una sonrisita con sus amigos, y luego, moviendo la cabeza, volvió a mirar a Gregorio. El padre creyó que, de momento, era más urgente tranquilizar a los señores que espantar a Gregorio. No obstante, éstos no parecían nerviosos; incluso parecía que Gregorio les divertía más que la música. Pero el padre se abalanzó con los brazos abiertos sobre ellos, para empujarles a su habitación e impedirles con su gran cuerpo que viesen a Gregorio. Ahora sí que se enfadaron un poco, no se sabe si por la conducta del padre o porque se habían dado cuenta del vecino que tenían. Pedían explicaciones al padre, levantaban los brazos al unísono, atusaban sus barbas y retrocedían con lentitud hacia su habitación. Tras la brusca interrupción, la hermana había permanecido con arco y violín en las manos caídas, la vista aún fija en la partitura. Pero pronto salió de su enajenación, depositó el violín en el regazo de la madre, que estaba luchando por respirar, y corrió a la habitación de los señores, que ya se apresuraban un poco más ante los apremios del padre. Se vio cómo la hermana con mano diestra removía almohadas y cobertores; en un momento estaba todo acomodado para que los señores se acostaran. Cuando éstos llegaron, ya se había escabullido. El padre, por lo visto, estaba sufriendo uno de sus ataques de obstinación, olvidando el respeto debido a los inquilinos. Los urgía y empujaba, hasta que el señor de en medio dio una fuerte patada en el suelo y el padre se detuvo. «Declaro —dijo levantando la mano y buscando con la mirada también a la madre y a la hermana—, que, en vista de las repugnantes circunstancias reinantes en esta casa y en esta familia, ahora mismo —aquí escupió sin más en el suelo— rescindo el contrato de alquiler. Naturalmente, no pagaré ni un céntimo por los días que he vivido aquí y aun pensaré si no les voy a demandar por daños y prejuicios». Se calló y se quedó como esperando algo. Y, en efecto, ambos amigos se apresuraron a decir: «También nosotros lo rescindimos en este mismo momento». Luego cogió el picaporte y cerró de un portazo.

El padre buscó a tientas el sillón y se dejó caer en él; parecía que se estiraba como para el sueñecito de costumbre. Pero las cabezadas que daba como si no pudiera sostener la cabeza delataban que no dormía en absoluto. Gregorio se mantenía en el mismo sitio donde los caballeros le habían descubierto. La pena por la frustración de su plan —pero quizá también la debilidad causada por el prolongado ayuno—, no le dejaba moverse. Tenía la certeza de que, en el próximo instante, el mundo se le caería encima. Ni siquiera el violín le hizo reaccionar, cuando éste se deslizó de entre los temblorosos dedos de la madre y cayó con un sonido retumbante al suelo.

«Queridos padres —dijo la hermana dando un manotazo en la mesa—, las cosas no pueden seguir así. Si vosotros no lo queréis comprender, yo sí lo comprendo. Delante de este monstruo no quiero pronunciar el nombre de mi hermano y por esto sólo digo: Nos lo tenemos que quitar de encima. Hemos hecho lo humanamente posible por cuidarlo y soportarlo, creo que nadie nos puede hacer ni el más mínimo reproche». «Tiene mil veces razón», dijo para sí el padre. La madre, aún fuera de aliento y con los ojos extraviados, comenzó a toser sordamente, tapándose la boca con la mano. La hermana socorrió a la madre sosteniéndole la frente. Parecía que las palabras de la hermana le hubieran aclarado las ideas al padre. Estaba sentado, erguido, con la gorra entre las manos. Sobre la mesa aún estaban los platos de la cena; miraba de vez en cuando al inmóvil Gregorio.

«Tenemos que tratar de deshacernos de él —prosiguió ahora la hermana dirigiéndose exclusivamente al padre, pues la madre con su tos no oiría nada—, os va a matar a los dos, lo veo venir. Si uno tiene que trabajar como nosotros, no puede soportar semejante martirio en casa. Yo tampoco puedo ya». Y lloraba de tal manera que las lágrimas corrían por la cara de la madre de donde las enjugaba mecánicamente.

«Niña —dijo el padre con evidente comprensión—, ¿pero qué podemos hacer?». La hermana sólo se encogió de hombros en señal de que ella tampoco lo sabía, lo que contrastaba no poco con su anterior aplomo. «Si nos entendiera», dijo el padre medio soñando. Pero en medio de su llanto la hermana sólo acertó a agitar enérgicamente la mano en señal de que ni había que pensar en tal cosa.

«Si nos entendiera —repitió el padre cerrando los ojos como para asimilar mejor la aseveración de la hija de que esto era un imposible—, si nos entendiera se podría llegar a un acuerdo con él. Pero así...». «¡Se tiene que ir! —exclamó la hermana—, este es el único remedio que tenemos. Sólo tienes que quitarte de la cabeza la idea de que esto sea Gregorio. Que lo creímos durante tanto tiempo, ahí está nuestro error. ¿Cómo podría este bicho ser nuestro Gregorio? Si fuera él, hace tiempo que hubiera comprendido que ningún ser humano puede convivir con semejante bicho. Por sí mismo se habría ido. Entonces no habría más hermano, pero nosotros podríamos seguir viviendo y honrar su memoria. Pero este animal nos persigue, espanta a los inquilinos, quiere apoderarse de toda la casa. Al final todos nosotros dormiremos en la calle». «¡Mira, padre! —gritó de repente—, ¡ya empieza otra vez!». Y en un terror totalmente incomprensible para Gregorio, la hermana hasta se soltó de la madre, se apartó con violencia del sillón como si prefiriera sacrificar a la madre antes que permanecer cerca de Gregorio y se refugió detrás del padre, que ahora, excitado por el comportamiento de la hermana, también se puso en pie levantando los brazos para protegerla.

Pero Gregorio no tenía la más mínima intención de atemorizar a nadie, y menos a la hermana. Sólo había empezado a dar la vuelta para arrastrarse a su habitación. Desde luego que hacía un efecto raro porque, a causa de su extremo decaimiento, se tenía que ayudar con la cabeza, golpeándola muchas veces contra el suelo. Se detuvo y miró en derredor suyo. Parecía que se había comprendido su buena intención; sólo había sido un susto momentáneo. Todos le miraron en silencio y con tristeza. La madre estaba tirada en el sillón con las piernas estiradas y muy pegadas una a la otra; los ojos casi se le cerraban de agotamiento. El padre y la hermana estaban sentados uno al lado del otro, la hermana le tenía abrazado. «Ahora quizá podré terminar de dar la vuelta», pensó Gregorio y reanudó el trabajo. No pudo reprimir los resoplidos del esfuerzo y tuvo que descansar de cuando en cuando. Le dejaban actuar a su aire. Cuando hubo completado la vuelta, emprendió el camino de su habitación. Le asombró la gran distancia que le separaba de ella y no pudo comprender cómo antes la había recorrido casi sin darse cuenta. Siempre anhelante de desplazarse lo más rápidamente posible, ni se fijó en que ni una palabra, ni una voz de su familia le venían a estorbar. Justo al llegar a la puerta volvió la cabeza, no del todo, porque tenía el cuello tieso, pero lo suficiente para captar que detrás de él nada había cambiado. Su última mirada rozó a la madre, ya vencida por el sueño.

Apenas dentro de su cuarto, se cerró la puerta. El ruido repentino le asustó tanto que se le doblaron las patitas. Era la hermana la que se había apresurado tanto: en pie estuvo esperando a que Gregorio desapareciera y corriendo fue a cerrar la puerta. Gregorio ni la había oído venir. «¡Por fin!», gritó ella en dirección a los padres, mientras giraba la llave en la cerradura. «¿Y ahora?», se preguntó Gregorio sumido en la oscuridad. Pronto sintió que ya no se podía mover en absoluto. Esto no le sorprendió, más bien le parecía incomprensible que sus flacas piernas le hubieran sostenido hasta ahora. Incluso se sentía casi a sus anchas. Si bien tenía dolores en todo el cuerpo, éstos iban remitiendo poco a poco; finalmente desaparecerían del todo. Apenas notaba ya la manzana podrida y su entorno inflamado recubierto de polvo pegajoso. Pensó con cariño y emoción en los suyos. Su convicción de que tendría que desaparecer era tanto o más firme que la de la hermana. En este estado de tranquila y benéfica relajación permaneció hasta que el reloj de la torre de la iglesia dio las tres de la madrugada. Todavía vio el lento amanecer detrás de la ventana. Entonces su cabeza cedió del todo y Gregorio exhaló un débil y último suspiro.

Cuando por la mañana temprano llegó la sirvienta —de tanta robustez y prisa cerraba las puertas de golpe de modo que, por mucho que se le rogase que se enmendara, ya nadie podía dormir en toda la casa—, en su acostumbrada visita matinal a Gregorio primero no vio nada especial. Pensó que estaba tan quieto por hacerse el ofendido, pues le creía capaz de semejante demostración. Como tenía la escoba en la mano trató de hacerle cosquillas desde la puerta. Como no surtió efecto, se malhumoró un poco y le dio un pequeño empujón; sólo cuando le empujó sin encontrar la menor resistencia cayó en la cuenta de la situación real. Abrió los ojos desmesuradamente y empezó a silbar. Pero no se detuvo mucho rato, sino que se precipitó sobre la puerta de la alcoba y gritó: «¡Miren, miren, ha reventado! ¡Ahí lo tienen, reventado!».

El matrimonio se incorporó de golpe en la cama, asustado por la brusca aparición de la sirvienta. Sólo después de haberse repuesto del primer susto, estaban en condiciones de comprender lo que ésta les había venido a anunciar. Entonces el señor y la señora Samsa salieron rápidamente de la cama. Él se echó una manta encima de los hombros, la madre se quedó en camisón. Así entraron en la habitación de Gregorio. Entretanto se había abierto también la puerta de la sala de estar donde Greta dormía desde que estaban los inquilinos. Estaba completamente vestida, como si no hubiera dormido; también la cara, muy pálida, parecía demostrarlo. «¿Muerto?», preguntó la señora Samsa a la sirvienta, a pesar de que bien lo podía ver con sus propios ojos. «¡Ya lo creo!», dijo la sirvienta y, para convencerla, empujó al cadáver todavía otro trecho con la escoba. La señora Samsa hizo un movimiento como para detener la escoba pero, al fin, no lo hizo. «Bueno —dijo el señor Samsa—, ahora podemos dar gracias a Dios». Se santiguó y las tres mujeres siguieron su ejemplo. Greta, que no apartaba la vista del cadáver, dijo: «Mirad qué delgado está. Claro, no ha comido en tanto tiempo. Tal como entraba la comida, volvía a salir del cuarto». En efecto, el cuerpo de Gregorio era totalmente chato y seco. Esto se vio ahora, cuando ya no se alzaba sobre sus patas y ningún otro detalle distraía la atención.

«Greta, ven un ratito con nosotros», dijo la señora Samsa melancólicamente, y Greta fue tras los padres a la alcoba, no sin volver la mirada una vez más sobre el cadáver. La sirvienta cerró la puerta tras ella y fue a abrir la ventana de par en par. A pesar de la hora temprana, el aire tenía cierta tibieza, marzo estaba finalizando.

Los tres caballeros salieron de su habitación y vieron con asombro que el desayuno no estaba servido; se les habría olvidado. «¿Dónde está el desayuno?», preguntó el señor de en medio a la sirvienta. Ésta, por toda contestación, puso el dedo sobre la boca y les hizo señas para que entraran en la habitación de Gregorio. Se acercaron con las manos en los bolsillos de sus algo raídas chaquetas y rodearon el cadáver de Gregorio. La habitación ya estaba bañada en luz. Entonces se abrió la puerta del dormitorio y apareció el señor Samsa, trajeado con la librea, de un brazo su mujer y del otro la hija. Tenían cara de haber llorado; Greta apretaba el rostro contra el brazo del padre.

«¡Abandonen ustedes inmediatamente mi casa!», espetó el señor Samsa, señalando la puerta sin soltar a las mujeres. «¿Qué pretende usted decir?», preguntó el señor de en medio algo perplejo y con sonrisa dulzona. Los otros dos caballeros se frotaban las manos como si se prepararan para una gran pelea en la que llevaran todas las de ganar. «Pretendo decir exactamente lo que digo», dijo el padre y avanzó con las mujeres hacia el caballero. Este primero quedó callado, mirando al suelo, como si tuviera que ordenar las cosas en su cabeza. «¿Así que nos vamos?», dijo por fin, levantando la vista hacia el señor Samsa, como si, en una repentina humildad, se tuviera que cerciorar de que tenía permiso para ello. El señor Samsa sólo afirmó con la cabeza y con los ojos muy abiertos. Acto seguido, el caballero se encaminó con grandes pasos al vestíbulo; ambos amigos habían dejado de frotarse las manos y daban saltitos detrás del otro como si tuvieran miedo de que los Samsa penetraran antes que ellos en el vestíbulo e interfiriesen entre ellos y su conductor. En el vestíbulo, los tres tomaron sus sombreros del perchero, sacaron sus bastones del paragüero, hicieron una muda reverencia y abandonaron la casa de los Samsa. Con una desconfianza totalmente infundada, el señor Samsa salió con las dos mujeres al rellano de la escalera. Inclinados sobre la barandilla observaron cómo los tres descendían por la larga escalera, lenta pero ininterrumpidamente, desapareciendo en los recodos y volviendo a aparecer momentos más tarde. Cuanto más bajaban, más se esfumaba el interés de la familia por ellos y, cuando se cruzaron con un aprendiz de carnicero que con su carga de carne sobre la cabeza iba subiendo un piso tras otro, el señor Samsa abandonó la barandilla con las mujeres. Aliviados entraron en su casa.

Decidieron dedicar el día a descansar y a pasear. Se habían merecido esta interrupción de la rutina, incluso la necesitaban urgentemente. Se sentaron a la mesa para escribir tres cartas disculpando su ausencia del trabajo: el señor Samsa a la Dirección, la señora Samsa al dueño de la tienda y Greta a su jefe. Mientras escribían, entró la sirvienta para decir que se iba pues había terminado el trabajo. Los tres asintieron con la cabeza sin levantar la vista. Cuando la sirvienta ni hizo ademán de irse, la miraron contrariados. «¿Qué pasa?», preguntó el señor Samsa. La sirvienta estaba parada en la puerta con una sonrisa, como si tuviera que anunciar una gratísima noticia. Parecía decidida a no soltarla sino tras insistentes requerimientos. La plumita de avestruz en vertical de su sombrero, que estaba irritando al señor Samsa desde que la mujer había entrado a servir, se bamboleaba de un lado a otro. «¿Qué es lo que desea?», preguntó la señora Samsa. De los tres era ella a quien la sirvienta respetaba más. «Bueno —dijo entrecortada por alegres risas—, no se preocupen de cómo sacar aquella cosa de al lado. Ya está todo arreglado». La señora Samsa y Greta se inclinaron sobre sus cartas como si quisieran seguir escribiendo. Pero el señor Samsa, adivinando que la mujer tenía ganas de contarlo todo con pelos y señales, la cortó con un imperioso movimiento de la mano. Como no la dejaron hablar, la sirvienta se acordó de repente de la prisa que tenía y, evidentemente resentida, se conformó con un airado «adiós» y se volvió fieramente hacia la puerta y abandonó la casa con un portazo feroz.

«Por la noche la despediremos», dijo el señor Samsa, pero ni la esposa ni la hija contestaron, pues la sirvienta había vuelto a perturbar la calma difícilmente conseguida. Se levantaron, fueron a la ventana y ahí se quedaron abrazadas la una a la otra. El señor Samsa giró el sillón hacia ellas y las miró un rato en silencio. Entonces, exclamó: «¡Venid acá, dejad ya esas viejas cosas, tened también un poco de consideración conmigo!». Las dos mujeres le obedecieron al punto, le acariciaron y terminaron rápidamente sus cartas.

Después salieron todos juntos, cosa que no había sucedido desde hacía meses. Tomaron el tranvía para salir al campo. El tranvía —eran los únicos pasajeros—, estaba inundado de un cálido sol. Cómodamente arrellanados, hacían planes para el futuro. Resultó que las perspectivas no eran del todo malas, pues los tres empleos eran bastante buenos —cosa que aún no habían tenido tiempo de comentar— y, sobre todo, podían mejorar más adelante. Lo más importante era cambiar de domicilio. Querían tomar un piso más pequeño y barato, pero mejor situado y más funcional. El actual lo había elegido Gregorio. Mientras conversaban, la hija se iba animando más y más. El señor y la señora Samsa pensaron casi al unísono que la hija, a pesar de todas las penurias que habían hecho palidecer sus mejillas, en el último tiempo se había convertido en una muchacha hermosa y bien plantada. Meditabundos e intercambiando miradas de entendimiento, pensaron que había llegado el momento de buscar un buen marido para ella. Y les pareció que era una señal de haber pensado bien, cuando la hija, al término del viaje, se levantó la primera y estiró su cuerpo joven.

CARTA AL PADRE

Queridísimo padre:

Últimamente me has preguntado por qué afirmaba yo tenerte temor. Como de costumbre, no supe qué contestarte, en parte por el miedo que tengo ante ti, en parte porque para razonar este miedo son necesarias muchas particularidades, como para poder mantenerlas unidas en una conversación. Y si intento aquí contestarte por escrito será de todas maneras de una forma muy incompleta, porque también al escribir me obstaculiza el miedo ante ti y sus consecuencias, y porque el tamaño del asunto sobrepasa con mucho mi memoria y mi inteligencia.

A ti siempre se te ha presentado el asunto de una manera muy sencilla, por lo menos en lo que tú has hablado al respecto delante de mí y, sin distinción, delante de muchos otros. Te parecía que era aproximadamente así: toda tu vida has trabajado duro, todo para tus hijos, sobre todo te has sacrificado por mí. A consecuencia de esto he vivido sin preocupaciones, he tenido absoluta libertad para estudiar lo que he querido, no he tenido motivo para preocuparme de la comida, es decir, para preocupaciones en general; no has exigido agradecimiento por ello, conoces el «agradecimiento de los hijos», pero por lo menos alguna deferencia, algún signo de simpatía; en vez de ello, me he escondido desde siempre de ti, en mi cuarto, con libros, con amigos locos, con ideas exaltadas; nunca he hablado contigo abiertamente, en el templo nunca he ido hacia ti, nunca te he visitado en Franzensbad, tampoco he tenido nunca espíritu familiar, nunca me he ocupado del negocio ni de tus asuntos, te he dejado colgado con la fábrica y entonces te he abandonado, he apoyado a Ottla[1] en su testarudez mientras que por ti no muevo ni siquiera un dedo (ni siquiera te traigo una entrada de teatro), lo hago todo por los amigos. Si resumes tu juicio sobre mí, el resultado es que si bien no me echas en cara nada malo o indecente (tal vez exceptuando mi último intento de matrimonio), sí me reprochas frialdad, desagradecimiento, distanciamiento. Y me lo

---

[1] Ottla, la más pequeña de las hermanas de Franz. Nació en octubre de 1892. *(N. del T.)*

reprochas como si fuera culpa mía, como si yo hubiera podido con un golpe de timón variar todo, mientras que tú no tienes la más mínima culpa, a no ser el haber sido demasiado bueno conmigo.

Considero esta exposición tuya correcta en tanto en cuanto que yo también creo que eres completamente inocente de nuestra separación. Pero igualmente inocente soy yo. Si yo pudiera hacer que tú reconocieras esto, entonces sería posible —si bien no una nueva vida, pues para ello somos ambos demasiado mayores— sí una especie de paz, no que acabaran, pero sí que se suavizaran.

Curiosamente tienes alguna idea de lo que te voy a decir. Así, por ejemplo, me has dicho hace poco: «siempre te he querido, aunque externamente no he sido contigo como acostumbran a ser otros padres, precisamente porque yo no sé fingir como otros». Padre, nunca he dudado de tu bondad conmigo, pero esta observación la considero incorrecta. Tú no sabes fingir, eso está bien, pero querer afirmar sólo por este motivo que otros padres fingen, o es un vano deseo de tener la razón, que no merece la pena seguir discutiendo, o es —y esto es, según mi opinión, auténtico— la expresión oculta de que algo no va bien entre nosotros y de que tú has contribuido a ello, aunque sin culpa. Si tú piensas así de verdad, estamos de acuerdo.

Naturalmente que no digo que me haya convertido en lo que soy sólo por tu influencia. Sería demasiado exagerado (e incluso me inclino hacia dicha exageración). Es muy posible que yo, incluso habiendo crecido libre de tu influencia, no podría haberme convertido en un hombre de acuerdo con tu corazón. Posiblemente hubiera sido un débil, asustadizo, inseguro e intranquilo hombre, ni Robert Kafka ni Karl Hermann[2], pero sí completamente distinto de como soy ahora, y nos hubiéramos podido llevar estupendamente. Habría sido feliz de tenerte como amigo, como jefe, como tío, como abuelo, e incluso (aunque ya lo dudaría más) como suegro. Mas sólo como padre fuiste demasiado fuerte para mí, sobre todo al morir mis hermanos siendo pequeños, las hermanas vinieron bastante después; así, tuve que aguantar el primer choque yo solo, para lo que era demasiado débil.

---

[2]   Karl Hermann, marido de Elli. *(N. del T.)*

Compáranos a ambos: yo, para expresarlo brevemente, un «Löwy»[3] con un cierto fondo «kafkiano»[4], pero que no es impulsado por la voluntad «kafkiana», de conquistar a la vida, los negocios, sino por un aguijón «löwyano» que actúa más oculto, más asustadizo y que además se interrumpe a menudo. En cambio, tú eres un auténtico Kafka en fuerza, salud, apetito, voz potente, talento oratorio; satisfecho contigo mismo, superioridad mundana, perseverancia, presencia de ánimo, conocimiento de los hombres, una cierta generosidad, naturalmente junto con los fallos y flaquezas correspondientes a todas estas ventajas, a los que a veces te precipitan tu temperamento y tu cólera. Tal vez no seas un Kafka del todo en tu opinión general del mundo, en tanto te puedo comparar con los tíos Philipp, Ludwig o Heinrich[5]. Es curioso, tampoco lo veo esto muy claro. Todos ellos eran más alegres, frescos, desenfadados, de vida más fácil, menos severos que tú. (Por cierto, en esto he heredado mucho de ti y he admirado la herencia demasiado bien, aunque sin tener en mi ser los contrapesos que tú tienes).

Sin embargo, en este aspecto has pasado por épocas distintas; tal vez eras más alegre antes de que te desilusionaran tus hijos, sobre todo yo, y te abrumaran en casa (si venían extraños, eras completamente distinto) y tal vez ahora estés más alegre, pues los nietos y el yerno te dan un poco de aquel calor que tus hijos, menos Valli[6] tal vez, no pudieron darte. En todo caso éramos diferentes y en esta diferencia tan peligrosos el uno para el otro, que si se hubiera podido predecir cómo yo, el niño que despacio se va desarrollando, y tú, el hombre ya hecho, se iban a comportar el uno con el otro, se hubiera podido responder que tú sencillamente me ibas a machacar, sin que quede absolutamente nada mío. Esto no ha ocurrido; lo vivo no se puede calcular, pero tal vez haya ocurrido algo más enojoso. Te ruego continuamente que no olvides que nunca pienso ni en lo más mínimo en una culpa por tu parte. Influiste en mí como debías haber influido, mas tienes que dejar de considerar como una maldad especial por mi parte el que yo haya liquidado esa influencia.

---

[3] Löwy, apellido de soltera de la madre de Kafka. *(N. del T.)*

[4] En el original, «Kafkaschen». El autor quiere indicar una herencia de la forma de ser de la familia Kafka. Una forma en realidad no traducible, si bien el término «kafkiano» da una idea. *(N. del T.)*

[5] Hermanos del padre de Franz, Hermann Kafka. *(N. del T.)*

[6] Valli (Vallerie), la segunda hermana, nacida en 1890. *(N. del T.)*

Era un niño miedoso; a pesar de ello seguro que también era terco, como son los niños; cierto que la madre me había mimado, pero no puedo creer que fuera difícil de guiar; no puedo creer que una palabra amistosa, un tranquilo guiar de la mano, una buena mirada no hubiera podido lograr de mí lo que se quisiera. En el fondo eres un hombre bondadoso y blando (lo que viene no va a contradecir esto, sólo hablo de la aparición cuyo curso influiste), pero no todo niño tiene la perseverancia y la intrepidez de buscar hasta llegar a la bondad. Sólo puedes tratar a un niño tal y como tú has sido educado, con fuerza, ruido y cólera, y en este caso te pareció esto muy adecuado porque querías hacer de mí un muchacho fuerte y valeroso.

Naturalmente no puedo describir hoy directamente tus métodos de educación en los primeros años, pero los puedo imaginar por conclusiones a la vista de los años siguientes y de tu trato a Félix[7]. Además aquí hay que destacar que entonces eras más joven, por tanto, más fresco, más salvaje, menos influenciado, más despreocupado que hoy y que además estabas completamente atado al negocio, que apenas si te veía una vez al día, por lo que producías sobre mí una impresión aun más fuerte, a la que casi nunca me acostumbré.

Me acuerdo con claridad de un suceso en los primeros años. Posiblemente tú no te acuerdes.

Una vez por la noche no hacía más que lloriquear continuamente por un poco de agua, cierto que no era por sed, sino que seguramente era en parte por enfadar, en parte por entretenerme. Después de que unas fuertes amenazas no habían conseguido nada, me sacaste de la cama, me llevaste a la «Pawlatsche»[8] y allí me dejaste solo un ratito delante de la puerta cerrada, vestido con una camisita.

No quiero decir que esto fuera injusto, tal vez no había entonces otra forma de conseguir la tranquilidad nocturna, pero quiero caracterizar en mí tus métodos de educación y su influencia. A partir de entonces fui más obediente, pero esto me causó un daño interno. Nunca pude relacionar correctamente un-pedir-agua, que si bien sin sentido, era para mí natural, y lo horroroso que fue el ser sacado fuera. Aún pasados unos años, sufrí la atormentante idea de que el gigantesco hombre, mi

---

[7] Sobrino de Kakfa, hijo de Elli. *(N. del T.)*

[8] *Pawlatsche:* palabra de origen checo *(Paulac),* que significa balconaje, galería acristalada. Es típica de las casas acomodadas. *(N. del T.)*

padre, la última instancia, podría venir a mí casi sin motivo, sacarme por la noche de mi cama y llevarme a la «Pawlatsche» y que por ello no representaba nada para él.

Esto fue entonces nada más que un pequeño principio, pero este sentimiento de nulidad que a menudo me dominaba (si bien, en otro sentido, también un sentimiento noble y fructífero) provenía en gran medida de tu influencia. Hubiera necesitado un poco de estímulo, de afabilidad, de apertura de mi camino; en vez de ello me cerrabas el paso, naturalmente con la buena intención de hacerme escoger otro camino. Pero no servía para ello. Por ejemplo, sólo me animabas cuando desfilaba o saludaba bien, pero no era ningún futuro soldado; o me animabas cuando podía comer mucho e incluso acompañarlo con cerveza, o cuando repetía canciones que no comprendía, o cuando podía imitar tus formas de hablar preferidas, pero nada de todo esto pertenecía a mi futuro. Y es significativo que aún hoy me animes en realidad sólo en aquello que a ti mismo te conmueve, cuando se trata de tu propio sentimiento que daño (por ejemplo, con mi intención de matrimonio) o que es dañado en mi interior (cuando, por ejemplo, me riñe Pepa)[9]. Entonces soy animado, se me recuerda mi valor y se me señalan los partidos que yo estaría justificado para hacer, y Pepa es completamente sentenciada. Pero aparte de que a mi edad ya soy casi inaccesible al estímulo, cuánto me ayudaría si sólo apareciera cuando no se trata en primer lugar de mí.

Entonces, y por todas partes, hubiera necesitado que se me animara. Ya sólo por tu corpulencia me encontraba oprimido. Me acuerdo, por ejemplo, cómo nos desnudábamos a menudo en una misma caseta. Yo flaco, débil, estrecho; tú, grande, fuerte, ancho. Ya en el camarote me veía lastimoso, y no sólo ante ti, sino ante todo el mundo, pues tú eras para mí la medida de todas las cosas. Pero cuando salíamos de la caseta ante la gente, yo de tu mano, un pequeño esqueleto, inseguro, descalzo sobre los tablones, con miedo ante el agua, incapaz de imitar tu forma de nadar, que tú continuamente me mostrabas con buena intención, pero que me hacía avergonzarme profundamente, entonces estaba muy desesperado y todas mis malas experiencias en todos los terrenos coincidían estupendamente en semejantes momentos. Lo que más agradable me resultaba era cuando tú te desnudabas primero y yo

<hr />

[9]   En el original también Pepa, pariente de Kafka. *(N. del T.)*

podía quedarme en la caseta y retrasar tanto como podía la vergüenza de aparecer en público, hasta que por fin venías a ver qué ocurría y me sacabas de la caseta. Te estaba agradecido de que parecieras no notar mi apuro, y también estaba orgulloso del cuerpo de mi padre. Por cierto, aún persiste entre nosotros de forma parecida semejante diferencia.

Tu dominio espiritual correspondía a ello. Tú solo te habías llevado tanto gracias a tu propia fuerza, a causa de ello tenías una ilimitada confianza en tu opinión. Para mí como niño no fue esto tan deslumbrante como lo fue luego para el muchacho que se iba haciendo hombre. Dirigías el mundo desde tu butaca. Tu opinión era correcta, cualquier otra era absurda, exagerada, anormal. Además tu confianza en ti era tan grande que no tenías ni que ser consecuente y, sin embargo, no cesabas de tener razón. También podía ocurrir que no tuvieras siquiera opinión acerca de un asunto, por lo que todas las opiniones posibles respecto a ese asunto tenían que estar equivocadas sin excepción. Podías, por ejemplo, meterte con los checos, luego con los alemanes, luego con los judíos, y no sólo por elección, sino en cualquier punto de vista, y al final no quedaba nadie más que tú. Para mí tenías lo que todos los tiranos tienen de misterioso, cuyo derecho está basado en su persona, no en su pensamiento. Por lo menos me parecía así.

Además, con respecto a mí, tenías razón un número de veces sorprendente; en nuestras conversaciones era lógico, pues apenas si había conversaciones, aunque también en la realidad. Pero tampoco esto era especialmente incomprensible: me encontraba solo en todo mi pensamiento bajo tu fuerte presión, también en el pensamiento, que no coincidía con el tuyo, y especialmente en éste. Todas las ideas aparentemente independientes de ti se encontraban cargadas desde el principio con tu juicio; era prácticamente imposible aguantar esto hasta la completa y continua ejecución de la idea. No estoy hablando aquí de ningún pensamiento muy elevado, sino de todas las pequeñas acciones de la niñez. Bastaba con estar contento por cualquier cosa, estar lleno por ella, llegar a casa y contarlo y la respuesta era un irónico suspiro, un movimiento de cabeza, un golpear de dedos sobre la mesa: «Ya he visto cosas más bonitas», o «me has contado tus penas», o «no tengo una cabeza tan tranquila», o «¡cómprate algo con ello!», o «¡vaya acontecimiento!». Naturalmente, no se podía exigir para cada nimiedad de niño entusiasmo por tu parte, viviendo como vivías con preocupaciones y ajetreo... Además, no se trataba de eso. Se trataba mucho más de que siempre tenías que deparar semejantes desilusiones al niño en virtud de tu forma de ser opuesta; esta oposición se fortalecía ininterrumpidamente por acumulación del material, de manera que ya se hacía efectiva por costumbre, cuando a veces tenías la misma opinión que yo y que finalmente estas desilusiones del niño no eran desilusiones de la vida normal, sino que daban en el centro, al tratarse de una persona que daba la medida para todo. El valor, la decisión, la confianza, la alegría de esto y de aquello no aguantaban hasta el final cuando tú estabas en contra o incluso cuando se podía suponer tu oposición; y suponerse se podía suponer en casi todo aquello que yo hacía.

Esto se refiere a las ideas igual que a los hombres. Bastaba con que tuviera un poco de interés por una persona —a causa de mi forma de ser, eso no ocurría a menudo— para que te metieras riñéndome, calumniándome y deshonrándome sin el más mínimo cuidado hacia mis sentimientos y sin respeto ante mi opinión. Personas infantiles e inocentes, como, por ejemplo, el artista Löwy, tuvieron que soportarlo. Sin conocerle, le comparabas de una forma horrorosa, que yo ya he olvidado, con bichos, y que a menudo tenías automáticamente dispuesto, para gente que yo quería, el refrán de los perros y las moscas. Me acuerdo especialmente del artista porque anoté tus dichos sobre él con la siguiente observación: «Así habla mi padre de mi amigo (al que ni siquiera conoce) sólo porque es mi amigo. Siempre se lo voy a poder oponer, cuando me quiera echar en cara falta de cariño infantil y de agradecimiento». Me resultaba incomprensible tu total insensibilidad con respecto al daño y a la vergüenza que podías causarme con tus palabras y juicios; era como si no tuvieras idea de tu poder.

Seguro que yo también te he lastimado con palabras, pero siempre lo sabía, me dolía, pero no me podía dominar, retener la palabra; mientras que la decía ya me arrepentía. Pero sin más golpeabas con tus palabras, nadie te dañaba, ni mientras tanto ni después. No había defensa posible contra ti.

Pero era toda tu educación. Pienso que tienes talento para educar; seguro que podías haber servido a un hombre de tu estilo mediante la educación; habría admitido lo razonable de aquello que tú le decías; no se habría preocupado de nada más y hubiera desarrollado las cosas tranquilamente así. Pero para mí como niño todo lo que me gritabas era un mandamiento celestial, nunca lo olvidé, me quedó el medio más importante para el enjuiciamiento del mundo, sobre todo para el enjuiciamiento de ti mismo, y justo ahí fallaste por completo. De niño estaba casi siempre junto a ti a la hora de comer, por lo que en su mayor parte, tu enseñanza fue una enseñanza de buenos modales en la mesa. Lo que se servía en la mesa, había que comerlo. No se podía hablar sobre la calidad de la comida —sin embargo, tú encontrabas la comida como inaceptable; la llamabas «la bazofia»; «el ganado» (la cocinera) la había estropeado. No se podía mordisquear los huesos, tú sí. Lo importante era que se cortara recto el pan, pero era indiferente que tú lo hicieras con un cuchillo goteando salsa. Había que tener cuidado de que no cayeran restos de comida al suelo; finalmente, había debajo de ti más que en ningún sitio. En la mesa sólo se podía uno ocupar de la comida; sin embargo, tú te limpiabas y cortabas las uñas, afilabas lápices, te limpiabas las orejas con el palillo.

Por favor, padre, entiéndeme bien; en realidad estos serían detalles insignificantes; sólo se volvieron opresivos sobre mí en tanto en cuanto tú, el hombre que de forma tan grande era para mí la medida de todas las cosas, no cumplías los preceptos que me imponías. Con ello el mundo se dividió para mí en tres partes: en una, donde yo, el esclavo, vivía bajo leyes que sólo estaban hechas para mí y a las que, no sabía por qué, nunca pude corresponder completamente; luego en un segundo mundo, que estaba infinitamente alejado de mí, en el que tú vivías ocupado con el gobierno, con dar las órdenes y con el enfado por su incumplimiento, y finalmente, en un tercer mundo, donde vivían felices las personas, libres de órdenes y obediencia. Siempre vivía con vergüenza: o seguía tus órdenes, esto me daba vergüenza, pues sólo valían para mí; o era desafiante, también esto me daba vergüenza, pues cómo podía yo ser desafiante contigo; o no podía seguirlas, porque, por ejemplo, no tenía tu fuerza, tu apetito, tu habilidad, a pesar de que tú me lo exigieras como algo completamente lógico; precisamente esto era la mayor vergüenza. De esta forma se movían no las reflexiones, sino los sentimientos del niño.

Mi situación de entonces sería tal vez más clara si la comparara con la de Félix. También a él le tratas de forma parecida, incluso empleas un horrible método de educación contra él, cuando según tu opinión hace algo sucio al comer, al no contentarte con decirle, como hacías conmigo: «Eres un gran cerdo», sino que además añades: «Un auténtico Hermann» o «exactamente como tu padre».

En realidad, tal vez —más que «tal vez» no se puede decir— no dañe esto mucho a Félix, pues para él no eres más que un abuelo, si bien muy importante, pero no lo eres todo como lo has sido para mí; además, Félix es un carácter más tranquilo e incluso ahora más masculino, que tal vez se deje desconcertar por tu voz de trueno, pero que a la larga no se deja condicionar. Pero sobre todo, rara es la vez que está contigo, también está bajo otras influencias; para él eres más bien una curiosidad que él quiere, de la que puede coger lo que quiere escoger. Para mí no eras una curiosidad, no podía escoger, tenía que coger todo.

Y además sin poder alegar nada en contra, pues ya desde el principio te es imposible hablar tranquilamente sobre una cosa con la que no estés de acuerdo o que sencillamente no haya salido de ti; tu temperamento señorial no lo permite. En los últimos años explicas esto por tu neurosis cardíaca; que yo sepa, nunca has sido sustancialmente distinto; como mucho, la neurosis cardíaca te es un medio para un más severo ejercicio de tu soberanía, puesto que el pensar en ello hará desaparecer en el otro la última contestación. Naturalmente, esto no es ningún reproche, sólo constatación de una realidad. Como con Ottla: «No se puede ni hablar con ella, enseguida le salta a uno a la cara», acostumbras a decir, pero en realidad, originariamente, no salta absolutamente nada; confundes la cosa con la persona; la cosa te salta a la cara y tú la resuelves inmediatamente sin escuchar a la persona; lo que más tarde se alegue sólo puede excitarte más, nunca convencerte. Entonces no se oye de ti más que: «Haz lo que quieras; en lo que a mí respecta eres libre; eres mayor de edad; no tengo que darte ningún consejo», y todo esto acompañado por el terrible ronco tono de la ira, y de la absoluta condena, ante el que hoy tiemblo menos que en la niñez, sólo porque el excluyente sentimiento de culpabilidad del niño ha sido sustituido por la visión de nuestro mutuo desamparo.

La imposibilidad de un trato tranquilo tuvo una naturalísima consecuencia más: me olvidé de hablar. Naturalmente nunca hubiera sido un gran orador, pero sí que hubiera dominado el habla humana común. Pero ya pronto me negaste la palabra. Tu amenaza: «¡No repliques ni una palabra!», y la mano levantada al mismo tiempo me acompañan desde siempre. Empecé a hablar ante ti —eres, en lo concerniente a tus cosas, un magnífico orador— a trancas y barrancas; también eso te parecía demasiado, hasta que me callé; al principio posiblemente por terquedad, luego porque ante ti no podía ni hablar ni pensar. Y puesto que eras mi auténtico educador, influyó esto por todas partes en mi vida. En realidad, es una curiosa equivocación cuando piensas que nunca me he avenido contigo. «Siempre contra todo» no ha sido de verdad mi postura básica en la vida con respecto a ti, tal y como piensas y me echas en cara. Al contrario, si te hubiera hecho menos caso, estarías, seguro, mucho más contento conmigo. Todas tus medidas para educarme han acertado de pleno; no he rehuido ningún zarpazo; tal y como soy, soy (sin contar con las bases y la influencia de la vida, por supuesto) el resultado de tu educación y de mi docilidad. Si, a pesar de todo, este resultado te parece precario, si incluso inconscientemente te niegas a aceptarlo como resultado de tu educación, ello se debe al hecho de que tu mano y mi material han sido extraños entre sí. Decías: «¡No contestes ni una palabra!», con lo que querías hacer callar las incómodas fuerzas que dentro de mí se oponían; pero esta influencia era demasiado fuerte para mí, yo era demasiado obediente, callaba por completo, me ocultaba ante ti y sólo osaba hacerme sentir cuando estaba lo suficientemente alejado de ti como para que tu poder, al menos directamente, no me alcanzara. Pero tú estabas delante y todo te parecía otra vez en «contra», si bien no era más que la natural consecuencia de tu fuerza y de mi debilidad.

Tus métodos educativos, muy eficaces y que nunca te han fallado conmigo, eran: reñir, amenazar, ironía, sonrisa maligna y —curiosamente— autolamentación.

No puedo acordarme de que me hayas reñido directamente con expresiones fuertes. Además no era necesario, tenías muchos medios más; también volaban alrededor de mí las palabrotas en la conversación en casa y sobre todo en el negocio, en tales cantidades sobre los demás que yo, como niño pequeño que era, no tenía ningún motivo para no relacionarlas conmigo, pues las personas a las que tú reñías seguro que no eran peores que yo, y seguro que tú no estabas más descontento con ellos que conmigo.

Y aquí de nuevo aparecía tu misteriosa inocencia e imposibilidad de atacarte; regañabas, sin pensarlo ni un momento, e incluso condenabas el regañar en los demás y lo prohibías.

Fortalecías las riñas con amenazas y eso valía ya para mí también. Terrible era, por ejemplo, ese «te destrozo como a un pez», a pesar de que sabía que a esto no le seguía nada peor (si bien como niño pequeño no lo sabía), pero correspondía a la idea que tenía de tu poder, que también estuvieras en posición de hacerlo. También era terrible cuando corrías gritando alrededor de la mesa para coger a uno, aparentemente no querías cogerle, pero hacías como si quisieras y por fin la madre le salvaba aparentemente. Parecía al niño, que otra vez había salvado la vida por clemencia y se llevaba como un inmerecido regalo tuyo. Aquí pertenecen también las amenazas por las consecuencias del no obedecer. Cuando empezaba a hacer algo que no te gustaba, y me amenazabas con el fracaso, era tan grande el acatamiento de tu opinión que el fracaso era irrealizable, si bien posiblemente para una época más tardía. Perdí la confianza en mi propio hacer. Era inconstante, vacilante.

A medida que me iba haciendo mayor, más era el material que me podías oponer como prueba de mi falta de valor; gradualmente, en cierto sentido, comenzaste a tener razón. De nuevo me guardo de afirmar que sólo por tu culpa fui así. Sólo fortalecías lo que había, pero lo fortalecías mucho, porque ante mí eras muy poderoso y usabas en ello todo tu poder.

Tenías una especial confianza en la educación por la ironía; correspondía perfectamente a tu superioridad. Una amonestación tuya tenía generalmente esta forma: «¿No puedes hacerlo así o asá? ¿No te resultaría demasiado, verdad? ¿Naturalmente no tendrás tiempo?», y cosas por el estilo. Además, cada una de estas preguntas acompañada de una risa maligna y una cara maligna. En cierta medida, ya eras casi culpable antes de saber que habías hecho algo malo. También eran irritantes aquellas correcciones, en las que se me trataba en tercera persona; es decir, ni siquiera se me estimaba digno de dirigirme la palabra aun malintencionadamente. Así, por ejemplo, hablabas formalmente a la madre, pero en realidad era a mí, que estaba allí sentado: «Naturalmente, esto no se puede conseguir del señor Hijo», y cosas parecidas. (Esto tuvo más tarde su contradicción en que, por ejemplo, no osaba y más tarde y por costumbre ni siquiera se me pasaba por la imaginación el preguntarte directamente, cuando estaba presente la madre. Era para el niño mucho menos peligroso preguntarle a la madre, que estaba sentada a tu lado, por ti; preguntaba entonces a la madre: «¿Qué tal le va al padre?», y de esta manera me protegía de las sorpresas.) Naturalmente había también casos en los que se estaba completamente de acuerdo con la peor ironía, esto es, cuando afectaba a otros, por ejemplo a Elli, con la que durante años estuve enfadado. Era para mí una fiesta de la maldad y de la alegría del mal ajeno, cuando de ella se decía prácticamente en cada comida: «A diez metros de la mesa tiene que sentarse la ancha muchacha», y ver cómo entonces tú en tu sillón, con mala idea, sin la menor huella de amistad o humor, sino como un terrible enemigo, buscabas imitarla exageradamente, demostrando lo repulsiva que era para tu gusto la forma en que ella se sentaba. Qué a menudo ha tenido que repetirse esto y cosas semejantes y qué poco has conseguido tú en la realidad. Creo que era porque el uso de cólera y enfado para el asunto mismo no parecía ser adecuado; no se tenía la sensación de que la cólera se hubiera producido por la pequeñez del estar-sentado-lejos-de-la-mesa, sino que ya existía en todo su tamaño desde el principio y que sólo casualmente había tomado justo este asunto como motivo para el estallido. Como estaba convencido de que en cualquier caso ibas a encontrar un motivo, no me preocupaba demasiado, además se endurecía uno bajo la continua amenaza; casi siempre se estaba seguro de que no te iban a pegar. Te convertías en un niño gruñón, despistado y desobediente, siempre considerando una huida, generalmente interior. Tenías razón desde tu punto de partida, cuando acostumbrabas a decir amargamente con los dientes apretados y una risa burlona (como últimamente por una carta de Constantinopla): «¡Menuda sociedad!».

Completamente incompatible con esta postura hacia tus niños parecía ser cuando tú, lo que ocurría muy a menudo, te quejabas públicamente. Admito que yo, como niño (más tarde sí), no tenía ningún sentimiento y no comprendía cómo siquiera podías esperar encontrar compasión. Eras tan gigantesco en todos los aspectos; ¿qué te podía importar nuestra compasión o ayuda? En realidad tenías que despreciarlas, igual que hacías con nosotros tan a menudo. Por ello no creía en tus quejas y buscaba cualquier intención detrás de ellas. No fue sino más tarde cuando comprendí que de verdad sufrías mucho con los niños, pero entonces, cuando todavía las quejas bajo otras condiciones hubieran podido encontrar un sentido infantil, abierto, desinteresado y dispuesto para toda ayuda, tenían que ser para mí claros métodos de educación y humillación, como tales no muy fuertes, pero que tenían el dañino efecto secundario de que el niño se acostumbraba a no tomarse en serio aquellas cosas que tenía que haberme tomado en serio.

Por suerte había excepciones, sobre todo cuando sufrías callado y el amor y la bondad superaban y atacaban todos los obstáculos. Desde luego era raro pero era maravilloso. Más o menos cuando antes te veía dormir un poco en el negocio, en las calurosas sobremesas del verano, el codo en el atril, o cuando venías cansado los domingos a nosotros, al frescor del verano; o cuando durante una grave enfermedad de la madre te sujetabas a la estantería de libros temblando de tanto llorar; o cuando durante mi última enfermedad entrabas silenciosamente en la habitación de Ottla a verme, te quedabas en el umbral para verme en la cama y tan sólo saludabas con la mano por consideración. En aquellas ocasiones me tumbaba y lloraba de alegría, y lloro ahora otra vez, mientras lo escribo.

Tienes una forma de reír especialmente bonita y muy rara de ver; una sonrisa tranquila, satisfecha, aprobadora, que puede hacer completamente feliz a aquel al que va dirigida. No puedo acordarme de que en mi niñez me haya caído en suerte expresamente, pero puede haber ocurrido, pues, ¿por qué razón ibas a haberme negado entonces la sonrisa, puesto que todavía te parecía inocente y aún era tu gran esperanza? Por cierto, estas impresiones amistosas no han conseguido, con el tiempo, otra cosa más que aumentar mi convencimiento de culpabilidad y hacerme el mundo aún más incomprensible.

Prefería atenerme a lo real y continuo. Para justificarme un poco ante ti, en parte también por una forma de venganza, comencé a observar en ti pequeñas ridiculeces, que coleccionaba y luego exageraba. Cómo, por ejemplo, te dejabas deslumbrar fácilmente por personas que por lo general sólo aparentemente eran superiores a ti y cómo podías hablar siempre de ello, acaso de cualquier consejero imperial o algo similar (por otra parte, también me dolía algo semejante: que tú, mi padre, creyeras necesitar tan vanas confirmaciones de tu valor y que fanfarronearas tanto con ellas). U observabas tu predilección por formas de hablar incorrectas y lo más ruidosas posibles, de las que te reías como si hubieras dicho algo especialmente bueno, siendo en realidad una lisa y pequeña indecencia (si bien era al mismo tiempo una exteriorización de tu fuerza vital, que para mí era avergonzante). Naturalmente, había un montón de observaciones semejantes; estaba contento con ellas, tenía un motivo para el cuchicheo y para la chanza. A veces lo observabas, te enfadabas por ello, lo considerabas como maldad, falta de respeto; pero créeme, para mí no era otra cosa más que un inoperante método para una autoconservación, eran bromas como las que se propagan sobre dioses y reyes, bromas que no sólo se dejan enlazar con el más profundo respeto, sino que incluso pertenecen a éste.

Además, también tú has intentado una forma de defensa, de acuerdo con tu parecida posición respecto a mí. Acostumbrabas a señalar lo exageradamente bien que me iba y lo bien que en realidad he sido tratado. Es correcto, pero no creo que me haya servido en lo esencial bajo las circunstancias existentes.

Es cierto que la madre era inmensamente buena conmigo, pero todo ello estaba para mí en relación contigo; así no era buena relación. Sin saberlo, la madre tenía la función de un ojeador en la caza. Si tu educación, en un cualquier improbable caso, mediante la generación de terquedad, repugnancia o incluso odio, hubiera podido hacerme tomar mis decisiones, la madre lo compensaba de nuevo con bondad, hablando razonadamente (ella era, en la maraña de la niñez, el arquetipo de la razón), con intercesión, y de nuevo era devuelto a tu círculo, del que si no tal vez me hubiera escapado, para tu beneficio y el mío. U ocurría que no se llegaba a una auténtica conciliación, que la madre sólo me protegía de ti a ocultas, me daba algo a ocultas, permitía algo, entonces era de nuevo a tus ojos el ser tramposo, el consciente culpable que, por su propia nulidad, sólo se atrevía a acercarse, arrastrándose a lo que consideraba un derecho. Naturalmente, me acostumbré también a buscar de esta forma aquellas cosas a las que, incluso según mi opinión, no tenía derecho. Esto era de nuevo un aumento de la conciencia de culpabilidad.

También es cierto que apenas si me has pegado de verdad. Pero el chillar, el ponerme rojo de tu cara, el apresurado desabrocharse de los tirantes, el que estuvieran preparados en el respaldo de la silla era para mí casi peor. Es como cuando uno tiene que ser colgado. Si de verdad le cuelgan, entonces está realmente muerto y todo ha pasado. Pero si tiene que vivir todos los preparativos para ser colgado y no es sino hasta que cuelgan la cuerda delante de su cara cuando se entera de su indulto, entonces puede vivir con esto toda su vida. Se acumuló otra vez un sentimiento de culpabilidad por todas estas muchas veces, en las que, según tu opinión claramente demostrada, había merecido palizas, pero de las que gracias a tu clemencia pude escaparme por los pelos. Por todas partes llegaba a tu culpa.

Desde siempre me hacías el reproche (además a mí solo o delante de otros; para lo humillante de esto último no tenías sentimiento; los asuntos de tus niños eran públicos) de que gracias a tu trabajo yo vivía sin que me faltara nada con tranquilidad, calor y abundancia. Aquí pienso en observaciones, que tienen que haber dejado surcos en mi cerebro, como: «Estábamos contentos si teníamos batatas». «Años enteros tuve heridas abiertas en las piernas por una vestimenta de invierno insuficiente». «Ya de pequeño tuve que ir a Pisek al negocio». «De casa no recibía absolutamente nada, ni siquiera en el ejército; incluso mandaba dinero a casa». «Pero a pesar de ello, a pesar de ello, el padre era para mí siempre el padre. ¡Quién sabe eso hoy en día! ¡Qué sabrán los niños! ¡Eso no lo ha sufrido nadie! ¿Lo comprende hoy un niño?». Semejantes historias hubieran podido ser bajo otras circunstancias un método de educación extraordinario, hubieran podido animar y fortalecer para vencer las mismas penas y privaciones por las que había pasado el padre. Pero eso no lo querías; la situación, por el resultado de tu esfuerzo, había cambiado; no había oportunidad para distinguirse de la forma en que tú lo habías hecho. Semejante oportunidad sólo se hubiera podido crear mediante la violencia y el vuelco; había que haberse escapado de casa (contando con que se hubiera tenido la capacidad de decisión y la fuerza para ello y que la madre no hubiera trabajado por su lado contra ello con otros métodos). Mas tú no querías todo esto, lo calificabas de desagradecimiento, exaltación, desobediencia, traición, locura. Así que mientras que por un lado incitabas a ello mediante el ejemplo, contando las historias, y la vergüenza, lo prohibías por otro lado de la forma más severa. Si no, tendrías que haber estado encantado, prescindiendo de los detalles, con la aventura de Ottla de Zürau[10]. Ella quería ir al campo del que tú habías venido, quería trabajo y privaciones, tal y como tú las habías tenido; no quería disfrutar de tus éxitos en el trabajo, al igual que tú fuiste independiente de tu padre. ¿Eran estas unas intenciones tan terribles? ¿Estaban tan alejadas de tu ejemplo y de tu enseñanza? Bien, las intenciones de Ottla fallaron al final en el resultado, tal vez se hicieron un poco ridículas, fueron efectuadas con demasiado bombo y platillo, no tuvo la suficiente consideración con sus padres. ¿Pero no era exclusivamente culpa suya, sino también la culpa de las circunstancias y sobre todo de que le fueras tan extraño? ¿Acaso te era menos extraña en el negocio (como más tarde querías convencerte a ti mismo), que después en Zürau? ¿Y no hubieras tenido con toda seguridad el poder (descontando que te hubieses forzado a hacerlo) de hacer de esta aventura algo muy bueno mediante el consejo, el ánimo, la vigilancia e incluso sólo mediante tolerancia?

Junto con semejantes experiencias acostumbrabas a decir, mediante una amarga broma, que nos iba muy bien. Pero en cierto sentido esta broma no es tal. Aquello por lo que tenías que luchar lo recibíamos de tu mano, pero la lucha por la vida exterior, a la que podías acceder inmediata y naturalmente tampoco nos fue ahorrada, tuvimos que hacerla nosotros más tarde, cuando éramos hombres, con fuerza infantil.

No digo que por ello fuera nuestra posición necesariamente más desfavorable que lo era la tuya, seguramente es más bien parecida a aquélla (si bien las bases no están comparadas); tenemos sólo la desventaja de que no podemos jactarnos de nuestras penurias y que no podemos humillar con ellas a nadie, tal y como tú lo has hecho con tus penurias.

Tampoco niego que hubiera sido posible que yo disfrutara adecuadamente de los frutos de tu gran y eficaz trabajo, que los hubiera utilizado, y para alegría tuya, que los hubiera seguido trabajando, pero a esto se oponía precisamente nuestro mutuo alejamiento. Podía disfrutar lo que tú dabas, pero sólo en vergüenza, cansancio, debilidad, sensación de culpabilidad. Por ello sólo te podía estar agradecido, por todo, de una manera mendigante, no mediante la acción.

El siguiente resultado externo de toda esta educación fue que huía de todo lo que de lejos me recordaba a ti. Primero, el negocio. Espe-

---

[10]   Una finca de Moravia que Ottla se encargó de administrar. *(N. del T.)*

cialmente en la infancia, en tanto en cuanto que era un comercio en un callejón, tendría que haberme alegrado mucho; era tan animado, iluminado por las noches se veía, se oía mucho, se podía ayudar aquí y allá, destacar, pero sobre todo admirarte en tus extraordinarias dotes de comerciante, cómo vendías, cómo tratabas a la gente, cómo bromeabas, lo incansable que eras, cómo sabías inmediatamente la elección en casos de duda y cosas así; cómo envolvías o abrías un cajón era un espectáculo digno de verse, y todo ello seguro que no era la peor escuela para niños. Pero como paulatinamente me asustabas por todos los lados y la tienda y tú os ibais ocultando para mí, ya no era la tienda agradable. Cosas que al principio me habían sido comprensibles allí, me avergonzaban, me atormentaban, sobre todo tu forma de tratar al personal. No sé, tal vez fuera este trato común en todos los negocios (en la Assecurazioni Generali[11], por ejemplo, era realmente parecida en mi época; allí expresé al director, sin ser completamente cierto, pero tampoco todo mentira, mi disconformidad con ello, que no podía soportar la riña, que por cierto, no me había afectado directamente; en ello era demasiado sensible ya desde casa), pero en la niñez no me importaban los otros negocios. Pero a ti te oía y te veía chillar, reñir y enfurecerte en la tienda de una forma, no podía repetirse en todo el mundo. Y no sólo reñir, sino otras tiranías. Como, por ejemplo, tirabas de un empujón del estante mercancías que no querías, y se confundían con otras —tan sólo la falta de conocimiento de tu furia te disculpaba un poco— y el dependiente tenía que recogerlas. O tu continua forma de hablar con respecto a un dependiente enfermo de los pulmones: «Que reviente, el perro enfermo ése». Llamabas a los empleados «enemigos pagados», y lo eran, pero antes de que se convirtieran en esto, me parecías tú como su «enemigo pagador». Ahí recibí la gran lección de que podías ser injusto; conmigo mismo no lo hubiera notado tan pronto, pues se había acumulado demasiado sentimiento de culpabilidad, que te daba la razón; pero allí había, según mi opinión infantil —naturalmente un poco corregida más tarde, pero no demasiado— personas extrañas que trabajaban para nosotros y que por ello tenían que vivir en un miedo continuo ante ti. Si esto hubiera sido así, realmente no hubieran podido vivir; pero como eran personas mayores con

---

[11] Assecurazioni Generali era y es una de las compañías de seguros más importantes de Italia. Fue el primer empleo que tuvo Kafka después de la guerra. (N. del T.)

nervios generalmente extraordinarios, se sacudían de encima la riña sin esfuerzo alguno, dañándote finalmente a ti mucho más que a ellos.

Pero a mí se me hacía la tienda inaguantable, me recordaba demasiado mi relación contigo: prescindiendo de tu interés como empresario y prescindiendo de tu afán de mando, eras, ya como hombre de negocios, tan superior a todos los que aprendían contigo, que no te podía contentar ninguna de sus prestaciones; igual de descontento tenías que estar también siempre conmigo. Por ello, necesariamente pertenecía al partido de los empleados; también, porque ya por mi timidez no comprendía cómo se podía regañar de semejante manera a un extraño.

A causa de esto y por mi propia seguridad quise reconciliar de alguna manera al personal (al que yo tenía por terriblemente enfadado) contigo, con nuestra familia. Para ello ya no bastaba con un comportamiento común correcto para con el personal, ni siquiera un comportamiento más moderado; es más, tenía que ser humilde, no saludar yo primero, incluso rechazar la devolución del saludo. Y si yo, la insignificante persona, me hubiera postrado ante ellos, no hubiera compensado la forma en la que tú, el señor, les atacabas desde arriba. Esta circunstancia, bajo la que llegué a mis semejantes, influyó más allá del negocio, incluso en mi vida (algo semejante, pero no tan peligroso y profundo como en mi caso, es por ejemplo, la predilección de Ottla por el contacto con pobres, el estar sentada con sirvientas y personas semejantes, que a ti te enfadaba tanto). Al final casi tuve miedo de la tienda, y en cualquier caso ya hacía tiempo que ya no era mi asunto, antes de entrar en el Gimnasio[12], con lo que fui aún más alejado de ésta. Además, parecía completamente exorbitante, inaccesible para mis posibilidades, puesto que, como tú decías, necesitaba las tuyas propias. Buscaste entonces (hoy esto es para mí emocionante y vergonzoso) en mi aversión, que a ti te dolía mucho, hacia el negocio, un poco de dulzura hacia ti, al afirmar que me faltaba el sentido hacia los negocios, que tenía ideas más altas en la cabeza y cosas por el estilo.

Naturalmente, la madre se alegraba de semejante explicación, a la que tú te obligabas, y también yo, en mi vanidad y en mi necesidad, me dejaba influenciar por ésta. Pero si de verdad sólo hubieran sido las «ideas más altas» las que me apartaron del negocio (que ahora,

---

[12] El «Gymnasium» es un instituto superior, donde se suelen terminar los estudios de «Abitur» o bachillerato. *(N. del T.)*

pero sólo ahora, odio realmente), hubiera tenido que exteriorizarlas de una forma completamente distinta, en vez de dejarme flotar paciente y asustadamente por el estudio del bachillerato y por el estudio jurídico, hasta que definitivamente terminé en el escritorio de funcionario.

Si quería huir de ti, tenía que huir también de la familia, incluso de la madre. Se podía encontrar siempre refugio a su lado, si bien sólo en relación contigo. Te quería demasiado y te estaba entregada demasiado honestamente como para que en la lucha del niño hubiera podido ser una potencia espiritual duradera. Por cierto, era un acertado instinto del niño, pues la madre, con el paso de los años, se unió cada vez más a ti; mientras que siempre en lo que la atañía a ella misma, conservaba dulcemente su independencia en los límites más pequeños y sin dañarte nunca realmente, adoptó ciegamente, con los años cada vez más, con el sentimiento más que con la razón, tus opiniones y juicios en relación con los niños, sobre todo en el siempre difícil caso de Ottla. Ciertamente hay que conservar en todo momento en la memoria, lo atormentante que era la situación de la madre en la familia, una situación que podía consumir a cualquiera.

Se había ajetreado en la tienda, en el cuidado de la casa; había sufrido por partida doble todas las enfermedades de la familia, pero la coronación de todo esto fue lo que sufrió en su postura entre nosotros y tú. Siempre has sido considerado y cariñoso para con ella, pero en este sentido la has cuidado exactamente igual de poco que nosotros. Sin consideración alguna la hemos atormentado, tú por tu lado, nosotros por el nuestro. Era una distracción, no se pensaba en nada malo, sólo se pensaba en la lucha que sosteníamos nosotros, contigo, y nos desbravábamos con la madre. Tampoco era una buena aportación para la educación de los niños, cómo tú —naturalmente sin nada de culpa por tu parte— la atormentabas por nuestra culpa. Incluso aparentemente justificaba nuestro comportamiento, sino injustificable, para con ella. ¡Cuánto ha tenido que sufrir de nuestra parte por tu culpa y de tu parte por nuestra culpa, sin contar aquellos casos en los que tenías razón porque nos maleducaba, si bien esta mala educación podía ser a veces una silenciosa y consciente protesta contra tu sistema! Naturalmente la madre no hubiera podido soportar todo esto si no hubiera sacado fuerzas para soportarlo de su amor hacia todos nosotros y de la felicidad de dicho amor.

Sólo en parte iban las hermanas conmigo. Valli[13] era la más feliz en su situación con respecto a ti. Siendo la más cercana a mamá, se avenía a lo que tú decías, sin mucho esfuerzo o perjuicio. Si bien la aceptabas amistosamente, precisamente en recuerdo de mamá, a pesar de que había poco material de los Kafka en ella. Pero justo esto puede ser que te complaciera; donde no había nada de los Kafka, ni siquiera tú podías exigir algo semejante; tampoco tenías, como con los demás, la sensación de que aquí se perdía algo que tenía que ser rescatado con violencia. Además, nunca te ha gustado especialmente la forma de los Kafka, de la manera que se ha exteriorizado en las mujeres. Posiblemente, la relación de Valli contigo hubiera sido aun más amistosa si nosotros no hubiéramos estorbado un poco en esta relación.

Elli es el único ejemplo de logro casi completo de romper tu círculo. De ella es de quien menos lo hubiera esperado en su niñez. Era un niño pesado, cansado, asustadizo, mohíno, con sentimiento de culpabilidad, demasiado humilde, malicioso, vago, avaricioso; casi no la podía ni ver, menos aún hablarle; tanto era lo que me recordaba a mí mismo, de forma tan parecida estaba bajo el mismo hechizo de la educación. Sobre todo su avaricia me era repugnante, ya que posiblemente la mía era aún mayor. La avaricia es uno de los exponentes más claros del ser desgraciado; estaba tan inseguro de todas las cosas, que de verdad sólo poseía aquello que realmente ya sujetaba en las manos o en la boca o por lo menos aquello que llevaba ese camino, y justo aquello era lo que ella, que estaba en una situación semejante, me quitaba más a gusto. Pero todo esto cambió cuando en los años jóvenes —esto es lo más importante— se fue de casa, se casó, tuvo hijos, se volvió feliz, despreocupada, valerosa, generosa, desinteresada, llena de esperanza. Es casi increíble cómo apenas has notado este cambio y cómo en cualquier caso no lo has valorado según sus méritos; tan cegado estás por el rencor que desde siempre le tuviste a Elli y que en el fondo sigues sin cambiar nada; sólo que este rencor es ahora mucho menos actual, puesto que Elli ya no vive más con nosotros y además tu cariño a Félix[14] y tu inclinación a Karl lo han hecho menos importante. Sólo Gerti[15] a veces tiene que pagarla.

---

[13] Valli, la segunda hermana, nacida en 1890. *(N. del T.)*
[14] Félix, sobrino de Kafka, hijo de Elli. *(N. del T.)*
[15] Hija de Elli y Karl Hermann. *(N. del T.)*

Apenas si me atrevo a escribir de Ottla; sé que con ello me juego toda la deseada influencia de esta carta. Bajo circunstancias normales, es decir, cuando no se encuentre en un apuro especial o en peligro, sólo tienes odio para ella; tú mismo me has admitido que, según tu opinión, siempre te está lastimando y enfadando intencionadamente, y mientras que tú sufres por su culpa, ella está satisfecha y se alegra. O sea, una especie de demonio. Qué separación más enorme, aun mayor que entre nosotros dos, tiene que haber ocurrido entre ella y tú para que sea un desconocimiento tan terrible. Está tan lejos de ti que apenas si la ves, sino que colocas un fantasma donde imaginas que está. Admito que con ella te fue especialmente difícil. No transveo completamente todo el muy complicado caso, pero en todo caso había una especie de Löwy, armada con las mejores armas de los Kafka. Entre nosotros no había una auténtica lucha; pronto fui vencido; lo que quedó era una alienación, amargura, tristeza, una lucha interna. Pero vosotros dos siempre estabais en actitud de lucha, siempre frescos, siempre con fuerzas. Una imagen tan grandiosa como desesperada. Al principio del todo habéis estado con certeza muy unidos, pues aún hoy es Ottla, de vosotros cuatro, tal vez la representación más real del matrimonio entre mamá y tú, y de las fuerzas que allí se unieron. No sé lo que ha dado al traste con la armonía entre padre e hija; me aproximo a creer que el desarrollo fue parecido a mi caso. Por tu parte, la tiranía de tu ser; por su parte, la terquedad, sensibilidad, sentimiento de lo justo, inquietud de los Löwy y todo apoyado por el conocimiento de la fuerza de los Kafka[16]. Si bien yo he influenciado también a Ottla, pero apenas si por propia iniciativa, sino por el simple hecho de mi existencia. Por cierto, entró la última en unas relaciones de poder ya definidas y pudo formarse su propio criterio con el abundante material que había disponible. Incluso puedo imaginarme que dudó largo rato en su ser entre lanzarse a tu pecho o al de los enemigos; aparentemente desaprovechaste entonces algo y la rechazaste, pero habríais sido, si hubiera sido posible, un magnífico par en cuanto a armonía. Si bien con ello yo hubiera perdido un aliado, el veros a vosotros dos me hubiera recompensado holgadamente; también tú habrías cambiado mucho, en beneficio mío, por la inmensa felicidad de estar plenamente satisfecho por lo menos con un hijo. Pero hoy todo eso es solamente

---

[16]   Como he indicado anteriormente, la traducción directa sería «fuerza kafkiana». *(N. del T.)*

un sueño. Ottla no tiene ninguna relación con su padre, ha de buscar sola su camino, como yo, y por lo que tiene más que yo en confianza, confianza en sí misma, salud, irreflexión, es para tus ojos peor y más traidora que yo. Lo comprendo; vista por ti no puede ser de otra forma. Sí, ella misma está en condiciones de contemplarse con tus propios ojos, sentir tu aflicción y lamentarlo —no estar desesperada, la desesperación es asunto mío— muchísimo. Mas tú nos ves, en aparente contradicción con esto, juntos a menudo, cuchicheamos, reímos, aquí y allá oyes que te nombramos. Tienes la impresión de desvergonzadas conjuraciones. Curiosos conjuradores. Desde luego eres desde siempre un tema principal en nuestras conversaciones y nuestro pensamiento; pero desde luego no es para imaginarnos algo contra ti que estamos sentados juntos, sino para con todo esfuerzo, con chanza, con seriedad, con amor, terquedad, cólera, repulsión, resignación, conciencia de culpabilidad, con todas las fuerzas de la cabeza y del corazón comentar juntos, desde lejos y desde cerca, este terrible proceso que flota entre nosotros y tú; comentarlo en todas sus peculiaridades, desde todos los lados, todos los motivos; este proceso en el que siempre sostienes ser el juez, mientras que tú, por lo menos en la mayor parte (aquí dejo abierta la puerta a todas las equivocaciones que naturalmente pueden ocurrir) eres una parte igual de débil y ofuscada que nosotros.

Irma era un ejemplo, aleccionador, de tu influencia educativa. Por otra parte, sin embargo, una extraña, entró ya mayor en tu tienda, su trato contigo era esencialmente el de jefe, así que sólo estaba expuesta en parte a tu influencia y en una edad en la que ya podía oponer una resistencia; pero era consanguínea tuya, por lo que reverenciaba en ti al hermano de su padre y tenías sobre ella mucha más autoridad que la simple autoridad de un jefe. Y a pesar de esto, ella, la que en su débil cuerpo era tan hábil, inteligente, trabajadora, sensata, digna de confianza, desinteresada, fiel, la que te quería como tío y te admiraba como jefe, que se acreditó antes y después en otros puestos, no la has tenido como una buena empleada. Naturalmente presionada a ello por nosotros, se encontraba frente a ti cerca de la posición infantil, y todavía era tan grande para ella el influyente poder de tu ser, que se le desarrollaron (si bien nada más que frente a ti y, espero, que sin el mayor sufrimiento del niño) la tendencia a olvidar, la inconstancia, el humor negro, incluso un poco de terquedad, tanto como podía, con lo que ni siquiera cuento que era enfermiza y que tampoco era muy feliz y que una inconsolable vida familiar pesaba sobre ella. Para mí, lo más significativo de tu comportamiento para con ella, lo has concretado tú en una frase ya clásica para nosotros, casi blasfema, pero justo por la inocencia en tu trato de los hombres, muy significativa: «La cantidad de porquería que me ha dejado la bienaventurada ésta».

Aún podría describir más círculos de tu influencia y de la lucha contra ésta, pero ya me metería en lo inseguro y tendría que inventar; además, cuanto más te alejas del negocio y de la familia, siempre has sido más amigable, más condescendiente, más amable, más considerado, participas más (quiero decir: también externamente), al igual que, por ejemplo, también un autócrata, una vez que se encuentra fuera de las fronteras de su territorio, no tiene ningún motivo para seguir siendo un tirano, y bonachonamente puede tratar con las gentes más bajas. Realmente, en las fotografías de grupos hechas en Franzensbad te mostrabas tan grande y alegre entre las pequeñas y gruñonas gentes, como un rey en los viajes. Desde luego los niños podían haber tenido de esto su ventaja, sólo tendrían que haber sido capaces en la niñez, lo que era imposible, de reconocerlo y, por ejemplo, yo no habría podido vivir en cierta medida continuamente en el más interno, severo y acotado círculo de tu influencia, como en realidad lo he hecho.

Con ello no sólo perdí el sentido familiar, como tú dices, sino al contrario, más bien tenía aún sentido para la familia, si bien principalmente negativo para (naturalmente interminable) desligarme internamente de ti. Las relaciones con las personas de fuera de la familia sufrieron posiblemente aun más por tu influencia. Desde luego estás en una equivocación cuando piensas que yo hago todo por amor y lealtad para las otras personas; nada para ti y para la familia, por frialdad y deslealtad. Repito por décima vez: también entonces me hubiera convertido posiblemente en una persona esquiva y asustadiza, pero de ahí todavía hay un largo y oscuro camino hasta donde he llegado en realidad. (Hasta ahora intencionadamente he callado relativamente poco en esta carta, ahora y luego tendré que callar, sin embargo, algunas cosas que —ante ti y ante mí— admitirlas me resulta todavía demasiado difícil. Digo esto para que tú, en caso de que el conjunto resultase aquí y allá un poco confuso, no creas que una deficiencia de pruebas es la culpable de ello; antes bien, hay pruebas que podrían hacer el cuadro insoportablemente craso. No es fácil encontrar aquí un término medio.) Aquí basta, por cierto, con recordar algo anterior: había perdido la confianza en mí mismo ante ti; en cambio, la había cambiado por un infinito sentimiento de culpabilidad. (En memoria de esta infinitud escribí una vez acertadamente de alguien: «Teme que la vergüenza le sobreviva».) No podía cambiar de golpe, cuando me juntaba con otras personas, antes bien, me presentaba ante ellos con un sentimiento de culpabilidad aún más profundo, pues tenía que reparar, como ya dije, lo que tú en el negocio, también bajo mi responsabilidad, les habías achacado a ellos. Además, siempre tenías algo que objetar, públicamente o en secreto, contra todo aquel con el que yo me relacionaba; también por esto tenía que pedirle excusas. La desconfianza contra la mayoría de las personas que tratabas de enseñarme en la tienda y en la familia (dime una persona significativa para mí en la niñez que tú no hayas criticado a fondo por lo menos una vez) y que curiosamente a ti no te molestaba en especial (eras lo suficientemente fuerte como para soportar esta desconfianza, además no era en realidad más que un emblema del que domina); esta desconfianza, que para mí, niño pequeño, no se confirmaba en ningún sitio ante mis ojos, pues sólo veía por todas partes extraordinarias e inalcanzables personas, se convirtió dentro de mí en una desconfianza hacia mí mismo y en un continuo miedo ante todo lo demás. Así que allí con seguridad no podía salvarme en general ante ti. El que te equivocaras sobre ello tal vez fuera porque en realidad tú no te enterabas nada de mi trato con los hombres, y desconfiada y celosamente (¿mientes entonces que me quieres?) pensabas que por la privación de la vida familiar tenía que resarcirme en otro lugar, puesto que era imposible que yo viviera igualmente fuera. Por cierto, justo en mi niñez, tenía en este sentido todavía un cierto consuelo, precisamente en la desconfianza de mi juicio; me decía: «Exageras, sientes, como lo hace siempre la juventud, las pequeñeces como grandes excepciones». Este consuelo lo he perdido más tarde casi por completo, al ir aumentando la visión del mundo.

Igual de poca salvación encontré ante ti en el judaísmo[17]. En realidad, la salvación hubiera sido imaginable aquí, pero aún más hubiera

---

[17] Kafka era judío. *(N. del T.)*

sido imaginable que ambos nos hubiéramos encontrado en el judaísmo o que incluso hubiéramos partido avenidos de allí. ¡Pero qué judaísmo era el que recibí de ti! En el paso de los años me he situado ante éste de tres formas distintas.

De niño me hacía reproches, coincidiendo contigo, porque no iba lo suficiente al templo, no ayudaba y etcétera. No creía hacerme con ello una injusticia, sino que te la hacía a ti y el sentimiento de culpabilidad, que siempre estaba preparado, me invadía.

Más tarde, como adolescente, no comprendía cómo tú, con la nada del judaísmo, de la que disponías, me podías hacer reproches porque yo (sólo por piedad, como tú te expresabas) no me esforzaba en desarrollar una nada semejante. Era en realidad, tan lejos como yo alcanzaba a ver, una nada, una diversión, ni siquiera una diversión. Cuatro días al año ibas al templo, allí estabas por lo menos más cerca de los indiferentes que de aquellos que se lo tomaban en serio, pacientemente terminabas las oraciones como formalidad, a veces me asombrabas al poder enseñarme en el libro de oraciones el lugar que justo se estaba recitando; por lo demás podía siempre que estuviera en el templo (esto era lo principal) andar por donde yo quisiera. Así que pasaba bostezando y tonteando las muchas horas (creo que más tarde sólo en la hora de danza me he aburrido de semejante manera) y trataba por todos los medios de alegrarme del par de pequeñas variaciones que había allí, como cuando se abría el Arca de la Alianza, lo que siempre me recordaba la caseta de tiro donde también, si se acertaba en lo negro, se abría la puerta de un cajón, sólo que allí siempre aparecía algo interesante y aquí una y otra vez sólo las viejas muñecas sin cabeza. Por cierto, allí he tenido mucho miedo, no sólo, comprensiblemente, ante tantas personas, con las que se llegaba a un contacto mucho más estrecho, sino porque tú una vez mencionaste de pasada que yo también podía ser llamado para leer la Torá. Ante esto temblé durante años. Si no, apenas si era estorbado en mi aburrimiento, como mucho por la Bar Mitzvah[18], que requería un ridículo aprendizaje de memoria, que así sólo llevaba a un ridículo examen; y luego, en lo que a ti concierne, por pequeños e insignificantes acontecimientos, como cuando eras llamado a la Torá, y cuando aprobabas lo que para mi sentir era un acontecimiento exclusivamente social o cuando en la fiesta

---

[18]   Rito judío semejante a la primera comunión católica. *(N. del T.)*

de conmemoración de las almas te quedabas en el templo y a mí se me mandaba fuera, lo que me hizo pensar casi sin darme cuenta, durante largo tiempo y aparentemente por el hecho de ser echado fuera, de que se trataba de algo indecente. Así era en el templo; en casa era incluso más penoso y se limitaba a celebrar la primera noche de la Pascua, que cada vez se tornaba más en una comedia con ataques de risa, si bien bajo la influencia de los niños que se iban haciendo mayores. (¿Por qué tenías que reducirte a esta influencia? Porque tú mismo la habías provocado.) Así que este era el material de fe que me fue dado, a lo que como mucho se añadía la mano tendida, que señalaba a «los hijos del millonario Fuchs», que estaban con su padre en el templo en las fiestas importantes. Yo no comprendía cómo se podía hacer algo mejor con este material, que perderlo de vista lo más pronto posible; justo este perderlo de vista me parecía la acción más piadosa.

Más tarde, sin embargo, lo contemplé otra vez de manera distinta, y comprendí por qué tú podías creer que también en este aspecto yo te traicionaba malintencionadamente. Realmente habías traído contigo algo de judaísmo de la comunidad aldeana, casi un gheto, de la que procedías; no era mucho y se perdió algo más en la ciudad y en el ejército, de todas maneras apenas si bastaban las impresiones y los recuerdos de juventud para una forma de vida judía, sobre todo porque tú necesitabas mucho de semejante ayuda, sino que eras de un tronco muy firme y tu persona apenas si podía conmoverse por pensamientos religiosos si no se mezclaban mucho con pensamientos sociales. En el fondo, el pensamiento que guiaba tu vida consistía en que creías en la necesaria certeza de las opiniones de una clase social judía determinada y así, al pertenecer estas opiniones a tu ser, te creías a ti mismo. También había suficiente judaísmo, pero para ser transmitirlo era demasiado poco para el niño, se vaciaba totalmente mientras que tú lo transmitías.

En parte, eran impresiones juveniles e intransmitibles; en parte, tu temido ser. También era imposible hacer comprensible a un niño de puro miedo exageradamente observador, que el par de nulidades, que tú hacías en nombre del judaísmo, con una indiferencia de acuerdo con su nulidad, pudieran tener un sentido más alto. Para ti tenían sentido como recuerdos de tiempos anteriores y por ello me las querías procurar a mí, pero esto sólo lo podías hacer, puesto que también para ti ya no tenían valor propio alguno, mediante la insistencia o amenaza; por una parte, esto no podía resultar, y por otra, tenía que hacerte enfadar mucho conmigo, ya que no reconocías tu débil posición aquí, a causa de mi aparente oposición.

Todo esto no es un fenómeno aislado; de forma parecida ocurría en una gran parte de esta generación de transición judía, la cual emigró del todavía relativamente devoto campo a las ciudades; esto se deducía sin más, sólo que añadía a nuestra relación, que no tenía deficiencia alguna en rudeza, una tensión aún mayor. Pero en contra de esto, y también en este punto, al igual que yo, creer en tu no culpabilidad, pero esta falta de culpabilidad explicada por tu ser y por las circunstancias históricas, pero no sólo por las circunstancias marginales, o sea, no decir, por ejemplo, que has tenido otras muchas ocupaciones y preocupaciones como para además haberte podido ocupar de semejantes cosas. De esta forma acostumbras a derivar de tu indudable inocencia un injusto reproche hacia los demás. Esto es refutable en todas partes y aquí muy fácilmente.

No se trataba de una clase que tenías que haber dado a los niños, sino ofreciendo ejemplo con tu vida; si tu judaísmo hubiera sido más fuerte, hubiera sido también tu ejemplo más rotundo; esto no es otra vez, naturalmente, reproche alguno, sino una defensa de tus reproches. Últimamente has leído las memorias de juventud de Franklin. Realmente te las he dado a propósito para que te rieras, pero no, como irónicamente señalabas, por un pequeño pasaje sobre vegetarianismo, sino por la relación entre el autor y su padre, tal y como está descrita allí, y por la relación entre el autor y su hijo, tal y como de por sí se expresa en estas memorias escritas para el hijo. No quiero hacer resaltar aquí detalles.

Una cierta confirmación suplementaria de esta concepción del judaísmo la recibí de tu comportamiento en los últimos años cuando te pareció que me ocupaba más de las cosas judías. Como ya de entrada tenías una aversión hacia todas mis ocupaciones y sobre todo contra la forma de mi toma de interés, también la tenías aquí. Pero prescindiendo de esto se hubiera podido esperar que hicieras aquí una pequeña excepción, pues era judaísmo de tu judaísmo el que se hacía sentir aquí y así con ello también la posibilidad de entablar nuevas relaciones entre nosotros. No niego que estas cosas, si hubieses mostrado interés por ellas, me hubieran resultado precisamente por ello sospechosas. Ni se me ocurre querer afirmar que yo soy en este aspecto de alguna manera mejor que tú. Pero no se trata de probarlo. Por mi mediación se te hizo el judaísmo asqueroso, las escrituras judías ilegibles, te «daban asco». Esto podía significar que te mantenías en que sólo el judaísmo, en la forma en que tú me lo has enseñado en la niñez, es el único correcto, que por encima de esto ya no hay nada, pero que quisieras mantenerlo era casi inimaginable. Mas entonces el «asco» (prescindiendo de que en primer lugar se dirigía contra mi persona y no contra el judaísmo) sólo podía significar que inconscientemente reconocías la debilidad de tu judaísmo y de mi educación judía, que no querías que se te recordara de ninguna manera y que contestaba con un odio abierto a todos los recuerdos. Por cierto, era muy exagerada tu negativa estimación de mi nuevo judaísmo; en primer lugar, lleva dentro de sí tu maldición, y en segundo lugar, fue decisivo para su desarrollo la relación sistemática con los hombres; en mi caso, pues, mortal.

Con tu aversión acertabas más en mi actividad de escribir y a lo que, desconocido para ti, con esto estaba relacionado. Ciertamente que aquí me había separado un trecho sin depender de ti, si bien recordaba un poco al gusano que, pisoteada la parte trasera, se libra con la parte delantera y se arrastra a un lado. Hasta cierto punto estaba seguro, había un respiro; la aversión que naturalmente tuviste enseguida también hacia mis escritos, me era aquí excepcionalmente bienvenida.

Mi vanidad, mi orgullo sufrían, sin embargo, con el saludo, que para nosotros se había hecho famoso, de mis libros: «¡Déjalo en la mesilla de noche!» (generalmente jugabas a las cartas cuando venía un libro), pero en el fondo me agradaba, no sólo por una apetecible maldad, no sólo por la alegría de una nueva confirmación de mi concepción de nuestras relaciones, sino por completo originariamente, pues aquella fórmula me sonaba como: «¡Ahora eres libre!». Era naturalmente una equivocación; no era, o en el mejor de los casos todavía, libre. Mi escritura trataba de ti, allí sólo me quejaba de aquello que no podía quejarme sobre tu pecho. Era una intencionada despedida de ti llevada hacia lo lejos, sólo que era forzado por ti, pero que discurría por la dirección por mí determinada. ¡Pero qué poco era todo esto! Solamente merece la pena mencionarlo porque ha acontecido en mi vida, en otra parte ni se notaría, y además porque me dominó mi vida; en la niñez como presentimiento, más tarde como esperanza, aun más tarde, a menudo como desesperación y porque me dictó mi par de pequeñas decisiones —si se quiere, otra vez en tu figura.

Por ejemplo, para elegir la profesión. Cierto, aquí me dabas total libertad en tu magnánima e incluso en este caso paciente manera. Si bien seguías también aquí el trato general, y que a ti te servía de comparación, de los hijos de la clase media judía o por lo menos los juicios de valor de esa clase. Finalmente también influyó aquí una de tus equivocaciones con mi persona, pues desde siempre me consideras a causa de tu orgullo paterno, por desconocimiento de mi auténtica forma de ser, por conclusiones sobre mi debilidad, como especialmente trabajador. Según tu opinión, de pequeño aprendía continuamente y más tarde escribía también continuamente. Nada más lejos de la verdad. Antes se puede decir, exagerando mucho menos, que estudié poco y no aprendí nada; no es muy extraño que haya asimilado algo a través de los años y con una memoria normal y con una inteligencia no excesivamente mala; pero en todo caso, el resultado global en lo referente a conocimiento y sobre todo en cuanto a su fundamentación es extremadamente lastimoso en comparación al tiempo y dinero empleados —en medio de una vida exteriormente tranquila y despreocupada—, especialmente en comparación con todas las personas que conozco. Es lastimoso, pero para mí es comprensible. Tenía, desde que me puedo acordar, unas preocupaciones tan profundas por la afirmación de una existencia espiritual, que todo lo demás me era indiferente. Los estudiantes judíos suelen ser algo raros, allí se encuentra lo más improbable, pero mi fría indiferencia apenas cubierta, indestructible, infantilmente desvalida, que llega hasta lo ridículo, llena de una animal autosatisfacción; una indiferencia de un niño con una imaginación autosuficiente, pero fría, no he vuelto a encontrarla en ningún otro sitio, si bien aquí era la única protección contra una destrucción nerviosa a causa del miedo y del sentimiento de culpabilidad. Sólo me ocupaba la preocupación por mí mismo, pero ésta de la forma más variada. Como preocupación por mi salud; empezó de una manera sencilla, aquí y allá se originaba un pequeño temor por la digestión, por la caída del pelo, por mi gibosa columna vertebral, y etcétera; esto se aumentó en incontables graduaciones, al final terminó en una auténtica enfermedad. Pero como no estaba seguro de nada, como necesitaba de cada momento una nueva confirmación de mi existencia, y no poseía nada mío de un modo propio, indudable, exclusivo, decidido por mí; como realmente era un hijo desheredado, también lo más inmediato, o sea, mi propio cuerpo, se me tornó inseguro; crecí mucho, pero no sabía qué hacer con mi estatura, la carga era demasiado pesada, la espalda se encorvó; apenas si osaba moverme y menos hacer gimnasia, quedé débil; contemplaba todo sobre lo que aún disponía como un milagro, como mi buena digestión; esto bastaba para perderla, con lo que el camino hacia la hipocondría estaba libre, hasta que con el sobrehumano esfuerzo de quererme casar (sobre esto hablaré más tarde) salió la sangre de los pulmones, en lo que el piso en Schörnbornpalais[19] —que yo sólo usaba porque creía utilizarlo para mi actividad de escribir, de manera que también esto hay que mencionarlo en esta hoja— puede tener suficiente participación.

Así que todo esto no provenía de un trabajo excesivo, como tú siempre te imaginabas. Había años en los que, completamente sano, he ganduleado en el canapé más tiempo que tú en toda tu vida, contando todas tus enfermedades. Cuando atareado al máximo me apartaba de ti era, generalmente, para tumbarme en mi habitación. Mi rendimiento global en el trabajo, tanto en el despacho (donde la vaguería no se nota mucho y además era controlada por mi miedo) como en casa, es minúsculo; si tuvieras una visión de éste, te espantarías. Posiblemente no sea vago por naturaleza, pero no había para mí nada que hacer. Allí donde vivía era rechazado, condenado, vencido, y escaparme a cualquier otro sitio me cansaba extremadamente, pero esto no era ningún trabajo, pues se trataba de algo imposible, que era inalcanzable para mis fuerzas, salvo pequeñas excepciones.

En esta situación, pues, recibí la libertad de elegir profesión. ¿Pero podía aún utilizar con propiedad esa libertad? ¿Aún me creía capaz de lograr una verdadera profesión? Mi propia valoración dependía de ti mucho más que de cualquier otra cosa, como, por ejemplo, un éxito externo. Este era el fortalecimiento de un momento, sino nada; pero al otro lado tiraba tu peso con mucha más fuerza. Nunca conseguiré aprobar el primer curso de la Escuela Nacional, pensaba, pero resultó, conseguí incluso un premio; pero el examen de entrada al bachillerato seguro que no lo aprobaba, pero resultó; pero seguro que ahora suspendo en el primer curso del instituto; no, no suspendí y siempre

---

[19] Edificio donde Kafka alquiló un piso en 1917. *(N. del T.)*

seguía adelante. Pero de esto no nació ninguna confianza, al contrario, siempre estaba convencido —y en tu semblante rechazante tenía la prueba de ello— de que, cuanto más consiga, peor va a tener que salir finalmente. A menudo veía en el espíritu la terrible reunión de los profesores (la Escuela es sólo el ejemplo más unitario, pero por todas partes a mi alrededor era semejante) que se reunían después de aprobar el primer curso, o sea, en el segundo; una vez aprobado éste, en el tercero, para examinar este caso único, que clamaba al cielo, de cómo me había sido posible, a mí, el más incapacitado, y en cualquier caso el más ignorante, arrastrarme hasta aquella clase que, centrada la atención en mí, naturalmente me iba a escupir inmediatamente, para alegría de todos los justos liberados de semejante pesadilla. A un niño no le resulta fácil vivir con semejantes ideas. En semejantes circunstancias, ¿qué me podía preocupar el estudio? ¿Quién podía arrancar de mi persona un poco de interés? Me interesaban más las clases —y no sólo las clases, sino todo lo que en esta decisiva edad me rodeaba— como a un empleado de banca que comete una estafa —que sigue en su puesto, pero que tiembla ante el temor de ser descubierto— le interesan las diarias y pequeñas operaciones bancarias, operaciones que aún ha de solucionar como consecuencia del cargo que ocupa. Tan lejano, tan insignificante resultaba todo en relación con el problema principal. Así continuó todo hasta el examen final[20], que realmente aprobé, en parte gracias al engaño; luego todo se detuvo, ya era libre. Si ya entonces, a pesar de la presión del instituto, me había ocupado sólo de mí mismo, con más intensidad debía hacerlo ahora que era libre. Así que una auténtica libertad para escoger la profesión no había para mí, sabía que en relación con la cuestión principal todo me iba a resultar tan indiferente como las disciplinas del instituto; así, pues, se trataba de encontrar una profesión que, sin herir demasiado mi vanidad, me permitiera conservar mayormente esa indiferencia. Así, pues, el Derecho era lo más lógico. Pequeñas y contrarias tentaciones originaban la vanidad, de una esperanza sin lógica, como catorce días de estudiar química y medio año de estudio de germánicas, no hacían más que fortalecer aquel convencimiento inicial. Así, estudié Derecho. Esto significaba que durante los pocos meses que precedían a los exámenes, bajo un gran desgaste nervioso, espiritualmente iba

---

[20] «Matura» o examen final o prueba de madurez. *(N. del T.)*

a alimentarme del serrín que además ya me había sido masticado con anterioridad por mil bocas. Pero en cierto sentido me complacía esto precisamente, al igual que en cierto sentido me ocurría antes con el Instituto y más tarde con la profesión de funcionario, pues todo esto respondía completamente a mi situación. En cualquier caso demostré aquí una intuición extraordinaria; ya de pequeño tenía en relación con los estudios y la profesión unas nociones bastante claras. De aquí no esperaba ninguna salvación, aquí ya hacía tiempo que había renunciado.

Pero no mostré ninguna intuición en relación con la significación y posibilidad de un matrimonio; este terror, hasta ahora el mayor de mi vida, me sobrevino casi completamente inesperado. El niño se había desarrollado tan despacio, que estas cosas le quedaban externamente tan alejadas; aquí y allá se producía la necesidad de pensar en ello; pero no se podía prever que aquí se preparaba un largo, decisivo e incluso el más amargo examen. Mas en realidad fueron los intentos de boda los intentos de salvación más grandes y más esperanzadores, pero, en consecuencia, igual de grande fue el fracaso.

Temo, dado que en este campo todo me sale mal, que tampoco consiga hacerte comprensibles estos intentos de matrimonio. Y, sin embargo, depende de ello el éxito de toda la carta, pues, por un lado, estaba reunida en estos intentos la totalidad de fuerzas positivas de que disponía; por otro lado, se reunían también aquí con verdadero ímpetu todas las fuerzas negativas que he señalado como resultado aparejado a tu educación, como la debilidad, la carencia de confianza en mí mismo, el sentimiento de culpabilidad, y tendían formalmente un cordón entre yo y el matrimonio. La explicación me resultaba también difícil porque tanto lo he pensado y estudiado una y otra vez durante tantos días y noches, que hasta a mí mismo se me nubla la vista. La explicación sólo me resulta facilitada por tu comprensión, según mi opinión, totalmente equivocada; una comprensión tan radicalmente falsa no parece excesivamente difícil de ser corregida.

Para empezar sitúas el fracaso de mis noviazgos en la línea de mis otros fracasos; en contra de esto no tendría nada realmente, partiendo de la base de que aceptaras la explicación que hasta ahora he dado del fracaso. Ciertamente se encuentra en esta línea, sólo que tú infravaloras la importancia del asunto y lo infravaloras de tal modo que cuando lo comentamos entre nosotros, hablamos de algo completamente distinto. Me atrevo a decir que no te ha ocurrido nada en tu vida que haya tenido para ti la misma importancia que para mí los intentos de matrimonio. Con ello no quiero decir que no hayas vivido algo tan importante; al contrario, tu vida fue mucho más rica, más llena de preocupaciones y más agitada que la mía, pero justo por esto no te ha ocurrido nada semejante. Es como cuando uno tiene que subir cinco escalones bajos de una escalera y una segunda persona sólo un escalón, pero que es por lo menos para él tan alto como los otros cinco juntos; la primera no sólo subirá los cinco escalones, sino cien y mil más; habrá llevado una gran y cansada vida, pero ninguno de los escalones que ha subido habrá significado para él lo que para el otro aquel único primer escalón, imposible de subir para sus fuerzas; no podrá llegar hasta él y naturalmente no podrá pasarlo.

Casarse, fundar una familia, aceptar todos los hijos que vengan, mantenerlos en este inseguro mundo e incluso guiarlos un poco es, según mi convencimiento, lo máximo que puede conseguir un hombre. El que aparentemente a muchos les resulte tan fácil no es ninguna demostración en contra, pues en primer lugar no son tantos los que lo consiguen, y en segundo lugar, esos pocos, por lo general, no lo «hacen», sino que simplemente les «ocurre»; esto no es, sin embargo, aquel máximo, pero sin embargo, todavía muy grande y muy honroso (especialmente al no diferenciarse limpiamente entre sí «hacer» y «ocurrir»). Y finalmente no se trata de este máximo, sino de una lejana pero aceptable aproximación; no es necesario volar al centro del sol, pero sí arrastrarse a un pequeño y limpio lugar en la tierra, donde a veces llegase el sol y uno pueda calentarse un poco.

¿Cómo me encontraba preparado para ello? Lo peor posible. Esto se deduce de lo que precede. Pero en tanto que hay una preparación directa del individuo y una creación directa de las condiciones básicas generales, externamente no has actuado mucho. No es posible de otra manera; aquí deciden los hábitos generales sexuales de una clase, un pueblo y una época. Sin embargo, interviniste allí, no mucho, pues la expectación de semejante intervención sólo puede ser una fuerte, mutua y recíproca confianza, y ésta nos faltaba a ambos ya desde hacía tiempo, en el momento culminante; no has intervenido muy felizmente porque nuestras necesidades eran completamente distintas; lo que a mí me atañe apenas si tiene que afectarte a ti y al revés: lo que en ti es inocencia puede ser una culpa en mí y al revés: lo que en ti no tiene consecuencias puede ser mortal de necesidad para mí.

Recuerdo que una noche salí a pasear contigo y con mamá; estábamos en la Josefplatz[21], cerca del actual Banco de las Naciones, y comencé a hablar tontamente, jactándome, con superioridad, orgullosamente, serenamente (esto era fingido), fríamente (esto era auténtico) y tartamudeando, como acostumbraba a hablar generalmente contigo, sobre el sexo; os reproché el que no me hubierais enseñado nada, que hubieran tenido que ser mis compañeros los que se tuvieran que encargar de ello, que me hubiera encontrado al lado de grandes peligros (aquí, según mi estilo, mentí descaradamente para mostrarme valeroso, pues como consecuencia de mi miedo no tenía una idea exacta de «los grandes peligros»), pero indicaba al final que felizmente ya lo sabía todo, que ya no necesitaba ningún consejo y que ya estaba todo en orden. Principalmente, entonces comencé a hablar de ello porque me gustaba nombrarlo por lo menos, también por curiosidad y finalmente también para vengarme de alguna forma por algo que me habíais hecho. De acuerdo con tu ser, lo aceptaste sencillamente; sólo decías que podrías aconsejarme cómo hacer esas cosas sin peligro. Tal vez había querido provocar una respuesta semejante, que correspondía a la concupiscencia de un niño sobrealimentado con carne y buenas cosas, físicamente inactivo y continuamente ocupado consigo mismo, pero hirió mi vergüenza externa de tal manera, o yo creí que tenía que estar tan herida, que en contra de mi voluntad no pude seguir hablando contigo sobre ello y corté insolente y altivamente la conversación.

No es fácil juzgar tu respuesta de entonces; por un lado, tienes una franqueza apabullante, en cierto aspecto primitiva; por otro lado, en lo que atañe a la doctrina misma, se desenvuelve de una forma muy actual. No sé qué edad tenía entonces; seguro que no mucho más de dieciséis. Para un chico semejante, era, sin embargo, una respuesta muy curiosa, y la distancia entre nosotros dos se ve también en que ésta fue la primera directa, e importante para mi vida, enseñanza que recibí de ti. Pero su sentido auténtico, que ya entonces se sumergió dentro de mí, mas no fue sino hasta mucho después que llegó a mi conciencia, era el siguiente: aquello que me aconsejabas hacer era,

---

[21]   Plaza de José. *(N. del T.)*

según tu opinión y más aun para mi opinión de entonces, lo más sucio que había. El que quisieras preocuparte de que no trajera corporalmente conmigo nada de aquella suciedad era secundario; con ello tan sólo te protegías tú mismo y a tu casa. Lo principal era, mucho más, que tú te quedabas fuera de tu consejo, un hombre casado, un hombre puro, que se encontraba por encima de estas cosas; esto se agudizaba entonces para mí seguramente sólo porque el matrimonio me parecía también obsceno, por lo que me era imposible aplicar a mis padres aquello que en general había oído sobre el matrimonio. Con ello te hiciste aún más puro, te elevaste aún más. El pensamiento de que también me hubieras podido dar un consejo semejante del matrimonio me era completamente inimaginable. Así, apenas si había un pequeño resto de suciedad terrenal en ti. Y precisamente tú me empujabas, como si yo estuviera predestinado a ello, a esta suciedad con unas cuantas palabras francas. Si el mundo se componía sólo de mí y de ti, una idea que tenía muy próxima, se terminaba entonces la pureza del mundo, contigo y conmigo empezaba la suciedad, gracias a tu consejo. En el fondo era incomprensible que me condenaras así; sólo una vieja culpa y el más profundo desprecio por tu parte podrían explicármelo. Con lo que de nuevo me encontraba atrapado en lo más profundo de mi ser y de una forma muy dura.

Tal vez sea aquí donde más claramente se manifieste la falta de culpa de los dos. A da a B un consejo franco, muy acorde con su forma de ver la vida, tal vez no muy bonito, sin embargo, muy corriente también hoy en día en la vida de la ciudad, y que tal vez evite daños en su salud. Para B, este consejo no es moralmente muy fortalecedor, pero por qué razón no va a poder, con el paso de los años, abrirse camino desde el mal; además no tiene que seguir el consejo y, en cualquier caso, sólo el consejo no es causa para que a B se le caiga todo su futuro encima. Y sin embargo, algo pasa de esta forma, pero sólo porque tú eres A y yo soy B.

Puedo contemplar muy bien esta inocencia de ambos, porque se ha producido entre nosotros, veinte años más tarde, un choque semejante, bajo condiciones completamente distintas; espantoso como hecho real, pero en sí mismo mucho menos perjudicial, pues, ¿qué quedaba en mí, con treinta y seis años, que aún pudiera ser dañado? Me refiero con ello a una pequeña conversación que ocurrió en uno de los agitados días que siguieron a mi último intento de matrimonio. Más o menos, me dijiste: «Seguramente se haya puesto ella una blusa escogida, como saben hacerlo las judías de Praga, y a la vista de ello te has decidido, naturalmente, a casarte con ella. Y lo más rápidamente posible, en una semana, mañana, hoy. No te comprendo, eres un hombre formado, estás en la ciudad y no se te ocurre nada mejor que casarte con la primera que se te antoja. ¿No hay otras posibilidades? Si te asustas de esto yo mismo iré contigo». Hablaste de un modo más claro y detallado, pero no puedo acordarme de detalles, tal vez se me nublaran un poco los ojos; casi me interesaba más cómo mamá, si bien completamente de acuerdo contigo, cogió de todas formas algo de la mesa y salió con ello de la habitación.

Nunca me has humillado más con tus palabras y nunca me has expresado más claramente tu desprecio.

Cuando hace veinte años me hablaste de forma parecida, se habría podido ver en ello, incluso con tus ojos, algo de respeto para con el adolescente que, según tu opinión, ya podía ser introducido sin rodeos en la vida. Hoy tal consideración sólo podría aumentar aún más el desprecio, pues el adolescente que entonces hacía su arranque se ha quedado atascado en él y hoy te parece que no tiene ni un ápice más de experiencia, sino por veinte años más lamentable que antes. Mi decisión por una muchacha no significaba absolutamente nada para ti. Siempre (de forma inconsciente) habías mantenido reprimida mi capacidad de decisión y creías saber ahora (inconscientemente) lo que ésta valía. De mis intentos de salvación en otras direcciones no sabías nada, por lo que no podías saber nada del proceso mental que me había llevado a este intento de matrimonio; tenías que procurar adivinarlos, y de acuerdo con el concepto global que de mí tenías fuiste a dar con lo más odioso, grosero y ridículo. Y no dudaste un instante en decírmelo en igual forma. La vergüenza que con ello me ocasionabas no era nada en comparación con la vergüenza que según tu opinión iba a causarle a tu nombre con el matrimonio.

Ya, a la vista de mis intentos matrimoniales, puedes contestarme a algunas preguntas y, en efecto, así has hecho: no podías respetar mucho mi decisión, cuando he roto dos veces mi compromiso con F y por dos lo he vuelto a reanudar, cuando en vano os he arrastrado a ti y a mamá, por el compromiso, hasta Berlín y otras cosas por el estilo[22]. Todo esto es cierto, pero, ¿cómo pudo llegar a ocurrir?

La idea base era correcta en ambos intentos de matrimonio: fundar un hogar, independizarme. Una idea que a ti te resultaba simpática, sólo que en realidad resulta como el juego de niños en el que uno sujeta la mano del otro e incluso aprieta, mientras que al mismo tiempo grita: «Pero vete, vete, ¿por qué no te vas?». Lo que desde luego se ha complicado en nuestro caso al haber dicho tú desde siempre y con toda sinceridad ese «¡Vete!», pero al mismo tiempo, sin saberlo y sinceramente, sólo gracias a la fuerza de tu ser me retenías, mejor dicho, me reprimías.

Ambas muchachas habían sido excepcionalmente bien elegidas, puede ser que casualmente. De nuevo una muestra de tu total incomprensión es el que pudieras pensar que yo, el asustadizo, el vacilante, el receloso pudiera decidirme de pronto a casarme por el mero encanto de una blusa. Al contrario, ambos matrimonios hubieran sido más bien matrimonios razonados, si así puede llamarse al que la primera vez durante años y la segunda durante meses estuvo noche y día toda mi fuerza de reflexión al servicio del proyecto.

Ninguna de las muchachas me ha decepcionado, yo a ellas sí. Mi concepto sobre ellas es hoy exactamente el mismo que entonces, cuando quise casarme con ellas.

Tampoco es que en el segundo intento de matrimonio haya despreciado las experiencias del primer intento, que haya sido tan insensato. Es que eran casos completamente distintos; justo las experiencias anteriores me podían dar una esperanza en el segundo caso, que se presentaba mucho más favorable. No quiero hablar aquí de detalles.

Así pues, ¿por qué no me he casado? Al igual que por todas partes, había unos obstáculos determinados, pero la vida consiste en aceptar esos obstáculos. Sin embargo, el obstáculo esencial, que por desgracia era independiente de cada caso, era que aparentemente no soy espiritualmente apto para el matrimonio. Esto se exterioriza en que a partir del momento en que me decido a casarme no puedo dormir; la cabeza me hierve día y noche; ya no es vida, me voy tambaleando desesperado. No son en realidad preocupaciones las que lo causan, si bien hay

---

[22] En 1914, Kafka se prometió a Felice, que había conocido dos años antes. En julio rompió el compromiso; ocurrirá lo mismo entre julio y diciembre de 1917. *(N. del T.)*

incontables preocupaciones unidas a mi melancolía y a mi pedantería, pero no son éstas lo decisivo; es cierto que terminan su trabajo como gusanos en el cadáver, pero soy definitivamente atacado por otras cosas. Es la presión constante del miedo, de la debilidad, del desprecio a mí mismo.

Intentaré explicarlo más detalladamente: en mi intento de matrimonio coinciden en mis relaciones contigo, con más fuerza que en ningún otro sitio, dos cosas aparentemente opuestas. El matrimonio es con certeza la garantía para la mayor autoliberación e independencia. Tendría una familia, lo máximo que, según mi opinión, se puede alcanzar; así, pues, también lo más alto que tú has alcanzado. Sería igual que tú; toda antigua y eternamente nueva vergüenza y tiranía sería ya tan sólo historia. Esto sería realmente fantástico, pero justo ahí reside ya lo dudoso. Es demasiado; tanto no puede ser alcanzado. Es igual que si uno que estuviese encarcelado no sólo tuviese la intención de escaparse, lo que tal vez podría conseguirse, sino que además y al mismo tiempo tuviera la intención de convertir para él la prisión en un palacio de recreo. Pero si huye no puede hacer la transformación, y si transforma no puede huir. Si yo quiero ser independiente en esta penosa relación en la que con respecto a ti me encuentro, tengo que hacer algo que carezca en lo posible de relación alguna contigo; si bien el casarme es lo máximo y da la independencia más honrosa, está, sin embargo, en la más estrecha relación contigo. El querer superar esto tiene por ello algo de locura, y cada intento se paga con ésta.

Precisamente esta estrecha relación me lleva en parte al matrimonio. Me imagino la igualdad que nacería entonces entre nosotros dos y que tú podrías comprender mejor que ninguna otra; sería tan bonita porque yo podría ser entonces un hijo libre, agradecido, inocente, recto, y tú podrías ser un padre sin presiones, nada tiránico, con sensibilidad y contento. Pero para conseguirlo habría que dar por no sucedido todo lo sucedido, es decir, ser borrados nosotros mismos.

Pero por ser tal y como somos me está cerrado el matrimonio, por ser precisamente tu terreno más propio. A veces me imagino el mapamundi extendido delante de mí y a ti, estirado, cruzándolo oblicuamente. Y entonces me resulta, como si sólo pudiese considerar para vivir yo aquellas zonas que o bien no tapas o que están fuera de tu alcance. Y de acuerdo con la idea que de tu tamaño tengo, no son muchas y no muy consoladoras las zonas y sobre todo el matrimonio no está entre ellas.

Ya sólo esta comparación demuestra que de ninguna manera quiero decir que tú, con tu ejemplo, me hayas ahuyentado del matrimonio, como ocurrió con la tienda. Al contrario, a pesar de toda lejana similitud, tenía en vuestro matrimonio uno que en muchos aspectos podía servirme de ejemplo; ejemplar en fidelidad, en ayuda mutua, en el número de niños e incluso cuando los niños crecieron y rompieron cada vez más la paz, el matrimonio como tal no se vio afectado. Precisamente sea tal vez con este ejemplo con lo que se forma mi alto concepto del matrimonio; el hecho de que mi deseo de casarme resultase impotente tenía otros motivos. Residían en tu relación con tus hijos, de la que trata toda esta carta.

Existe una opinión sobre el matrimonio según la cual el miedo ante el mismo proviene de que se teme que los niños le hagan pagar más tarde aquello que uno mismo hizo a sus propios padres. Creo que esto no tiene gran importancia en mi caso, pues mi sentimiento de culpabilidad proviene en realidad de ti y está demasiado impregnado por su singularidad; si esta sensación de la singularidad pertenece a su atormentadora esencia, una repetición es inimaginable. De todas maneras debo decir que a mí me sería insoportable un hijo mudo, sordo, seco, derrumbado; si no existiese otra posibilidad, huiría de él, me marcharía, tal y como tú quisiste hacer por causa de mi primer matrimonio. Puedo estar igualmente influenciado por ello en mi incapacidad para el matrimonio.

Pero es aquí mucho más importante el miedo por mí mismo. Esto hay que comprenderlo así: ya he señalado que he hecho —con mínimo éxito— en mi actividad de escribir y en lo que con esto está relacionado pequeños intentos de independizarme, de huida; muchas cosas me confirman que apenas si continuarán. A pesar de ello es mi deber o, aun más, mi vida consiste en ello, velar por estos intentos, no dejar que se les aproxime ningún peligro que yo pueda rechazar, ni una posibilidad de un peligro semejante. El matrimonio es una posibilidad de semejante peligro, si bien también la posibilidad de máximo avance; pero a mí me basta con que sea la posibilidad de un peligro. ¡Qué iba a hacer yo si de verdad resultara un peligro! ¡Cómo iba a poder seguir viviendo en el matrimonio con la tal vez indemostrable pero en cualquier caso indiscutible sensación de semejante peligro! Con respecto a esto puedo dudar, pero es segura la solución final: tengo que renunciar. La comparación de: más vale pájaro en mano que ciento volando tiene lugar aquí muy difícilmente[23]. En la mano no tengo nada, todo está volando, y, sin embargo, tengo que elegir esa nada —así lo determinan las condiciones de la lucha y la miseria de la vida—. De igual manera he tenido que proceder también en la elección de profesión.

Pero el mayor obstáculo para el matrimonio es la ya inamovible convicción de que para el mantenimiento y guía de la familia pertenece necesariamente todo aquello que en ti he reconocido, y además todo ello junto, lo bueno y lo malo, tal y como orgánicamente está en ti unido, o sea, fuerza e ironía con los demás, salud y una cierta desproporción, facilidad de palabra e inaccesibilidad, autoconfianza y descontento con todos los demás, dominio del mundo y tiranía, conocimiento de los hombres y desconfianza de la mayoría; luego las ventajas sin inconvenientes, tales como laboriosidad, constancia, fortaleza de espíritu, intrepidez. En comparación, casi no tenía nada de todo esto o bien sólo muy poco. ¿Y con ello quería osar casarme mientras que veía que incluso tú tenías que luchar duramente en el matrimonio y que incluso renunciabas ante tus hijos? Naturalmente, esta pregunta no me la formulaba claramente y no la contestaba claramente, pues de lo contrario las reflexiones normales se hubieran encargado de la cuestión y me hubieran mostrado otros hombres, distintos a ti (por nombrar uno cercano a ti y muy distinto: tío Ricardo)[24], y que sin embargo, se han casado y no por ello se han hundido, lo que ya significa mucho y a mí me habría bastado sobradamente. Pero no formulaba esta frase, sino que la vivía desde la niñez. No me probaba a mí mismo ante el matrimonio sino ante cualquier pequeñez; ante cualquier pequeñez me convencías con tu ejemplo y con tu educación, tal y como he intentado describirlo, de mi ineptitud, y todo aquello que coincidía en cada pequeñez y que te daba la razón, naturalmente tenía que ser tremendamente cierto en lo más importante, es decir, en el matrimonio. Hasta mis intentos de boda he crecido más o menos como un hombre de negocios que vive

---

[23] Kafka utiliza otro refrán que no puede ser traducido directamente, pero cuyo sentido es el del refrán que aquí se cita. (N. del T.)

[24] Dr. Richard Löwy, hermano de la madre de Kafka, abogado con quien Kafka trabajó en 1906. (N. del T.)

con preocupaciones y malos presentimientos, pero sin llevar un exacto libro de cuentas. Tiene unas pocas y pequeñas ganancias que, como consecuencia de su rareza, no deja de acariciar y exagerar en su imaginación, sino sólo tiene pérdidas diarias. Todo es apuntado en el libro de cuentas, pero nunca se hace balance. Ahora viene la obligación de efectuar balance, es decir, el intento de matrimonio. Y entonces es con las grandes sumas con las que aquí hay que contar, como si nunca hubiera existido la más mínima ganancia, todo una y única gran deuda. ¡Y ahora cásate sin volverte loco!

Así termina la vida que hasta ahora he llevado a tu lado, y estas son las perspectivas que lleva en sí para el futuro.

Podrías, si examinaras la fundamentación del miedo que ante ti tengo, contestar: «Afirmas que yo me facilito las cosas cuando explico mi comportamiento contigo atribuyéndote sólo a ti la culpa, pero creo que a pesar de un esfuerzo aparente no te lo haces mucho más difícil, pero sí mucho más llevadero. Primero rechazas también tu culpa y responsabilidad; así, pues, nuestro comportamiento es aquí idéntico. Si bien yo abiertamente te imputo sólo a ti la culpa tantas veces como así lo pienso, tú quieres ser al mismo tiempo "superrazonado" y "supersensible" y librarme a mí de toda culpa. Naturalmente que sólo aparentemente consigues lo último (en el fondo tampoco quieres más) y entre líneas se puede leer, a pesar de todas las "habladurías" de forma de ser y de naturaleza, contradicción y desamparo, que en realidad he sido yo el atacante, mientras que todo lo que tú has hecho era sólo en defensa propia. Así, pues, ya habrías conseguido bastante con tu falta de sinceridad, ya que has demostrado tres cosas: la primera, que eres inocente; la segunda, que yo soy culpable, y la tercera, que de pura magnanimidad no sólo estás dispuesto a perdonarme, sino, lo que es más y menos, demostrar además y querer creerlo tú mismo que también yo, aun faltando a la verdad, soy inocente. Esto ya te podría bastar, pero todavía no ocurre así. Se te ha metido en la cabeza querer vivir a mi costa. Concedo que luchemos el uno contra el otro, pero hay dos formas de lucha. La lucha entre caballeros, donde se miden las fuerzas de dos enemigos independientes y donde cada uno lucha él mismo, pierde él sólo, triunfa él sólo. Y la lucha del parásito, que no sólo pincha, sino que al mismo tiempo chupa la sangre para poder vivir. Este es el auténtico mercenario y así eres tú.

»Eres incapaz para la vida; pero para poder organizártela cómoda y despreocupadamente y sin autorreproches demuestras que yo te he quitado toda tu capacidad para enfrentarte con la vida y que me la he metido en mis bolsillos. Qué te importa a ti ahora el que seas incapaz; yo tengo la responsabilidad. Pero tú te estiras tranquilamente y te dejas arrastrar —física y mentalmente— por mí y por el mundo. Un ejemplo: cuando últimamente quisiste casarte, quisiste, y eso lo admites en esta carta, al mismo tiempo no casarte; pero quisiste, para no tener que esforzarte, que yo te ayudara a no casarte, prohibiendo esa boda por la "vergüenza" que esa unión iba a suponer para mi nombre. Pero esto ni se me ocurrió. Primero, no quise resultarte aquí y, al igual que siempre, nunca un "obstáculo para tu felicidad", y segundo, nunca quise tener que oír semejante reproche de mi hijo. Pero, ¿me ha servido de algo el que me haya forzado a ceder, con lo que te dejaba vía libre al matrimonio? Ni lo más mínimo. Mi aversión por este matrimonio no lo hubiera impedido; al revés, en el fondo hubiera sido para ti más un estímulo, casarte con la muchacha, pues el "instinto de huida", tal y como tú te expresas, se hubiera consumado así. Y mi consentimiento a la boda no ha evitado tus reproches, pues demuestras que yo soy en cualquier caso el culpable de que tú no te hayas casado. Pero en el fondo no has hecho más que demostrarme aquí y en todo lo demás que todos mis reproches estaban justificados y que entre ellos ha faltado un reproche especialmente justificado, como es el de la inexactitud, de la adulación, del parasitismo. Si mucho no me equivoco, sigues siendo con esta carta mi parásito».

A lo que yo, en primer lugar, respondo que toda esta objeción que en parte puede volverse también contra ti no proviene de ti, sino de mí. Ni siquiera tu desconfianza hacia los demás es tan grande como la desconfianza hacia mí mismo en la que me has educado. No niego una cierta autenticidad en tu objeción, que además aporta algo nuevo a la caracterización de nuestras relaciones. Naturalmente, en la realidad las cosas no pueden encajar tan perfectamente como las pruebas en mi carta; la vida es algo más que un rompecabezas; pero con la corrección que origina esta objeción, una corrección que no puedo ni quiero desarrollar en sus detalles, se ha conseguido, sin embargo, —según mi opinión— algo que se acerca tanto a la verdad que puede tranquilizarnos un poco a ambos y que puede facilitarnos la vida y la muerte.

INFORME
PARA UNA ACADEMIA

Excelentísimos señores académicos:

Me hacéis el honor de invitarme a presentar a la Academia un informe sobre mis antecedentes simiescos. Lamentablemente, en este sentido no puedo complaceros. Casi cinco años me separan de la naturaleza de animal salvaje, un tiempo que en términos de calendario puede parecer breve pero que resulta ser una eternidad para quien, como yo, lo ha tenido que recorrer al galope y a latigazos. Es verdad que en mi veloz carrera me asistieron personas y consejeros excelentes y que orquestas y aplausos me acompañaron, pero en el fondo de mí mismo me sentía solo. Porque todo este acompañamiento quedaba siempre —valga la imagen— del otro lado de la barrera y a gran distancia.

No habría podido llevar a cabo lo que hice si me hubiera aferrado a mi origen, a los recuerdos de mi juventud. La renuncia a toda obstinación en este sentido era justamente el primer mandamiento que me había impuesto; yo, un mono salvaje, me sometí a este yugo. Pero por esta misma razón, los recuerdos se me volvían cada vez más lejanos, propiamente huían de mí. Si los hombres me hubieran devuelto pronto a la libertad, habría podido retornar a ella por una puerta grande como la que forma el cielo sobre la tierra. Pero conforme yo iba evolucionando, la puerta se estrechaba más y más; terminé por sentirme más a gusto y más cobijado en el mundo de los humanos. El vendaval que soplaba detrás de mí desde el pasado, perdía fuerza paulatinamente; hoy ya sólo es una brisa que me refresca los talones. El lejano agujero desde donde sopla y por el que yo mismo he pasado un día se ha achicado tanto que, si quisiera y pudiera recorrer de vuelta la enorme distancia que me separa de él, me despellejaría entero si me empeñara en atravesarlo otra vez. Hablando con franqueza —aunque más me gustaría hablar en imágenes de estas cosas—, hablando con franqueza os diré, excelentísimos señores, que el pasado simiesco, en el supuesto de que también vosotros tuvieseis algo semejante a vuestras espaldas, no puede estar más alejado de vosotros que de mí. Pero a todos los que pisamos la tierra nos hace cosquillas en los talones, tanto al pequeño chimpancé como al gran Aquiles.

Pero en un sentido muy restringido quizá pueda contestar a vuestra pregunta, e incluso que lo haga con mucho gusto. Lo primero que aprendí fue el apretón de manos; el apretón de manos es señal de franqueza. Súmese hoy —cuando me encuentro en la cúspide de mi carrera— a aquel primer apretón de manos la franqueza de mi palabra. Mi palabra no aportará nada sustancialmente nuevo a la Academia y se quedará muy atrás de lo que se me ha pedido y que ni con la mejor voluntad sabría expresar. No obstante, mi palabra dejará entrever la vía por la que uno que ha sido mono penetró en el mundo de los hombres y se afianzó en él. Pero ni aun lo poquito que diré a continuación me sería permitido decirlo si no estuviera totalmente seguro de mí y si mi posición en el mundo del *music-hall* no fuera inexpugnable.

Soy natural de la Costa de Oro. De cómo he sido capturado, sólo sé algo a través de relatos ajenos. Un grupo de cazadores Hagenbeck —con cuyo jefe he vaciado no pocas botellas de vino tinto—, estaba al acecho entre la maleza en la orilla del río cuando yo, al atardecer, corrí en tropel hacia el abrevadero. Sonaron disparos; fui abatido; había recibido dos tiros. Uno en la mejilla que, aunque leve, dejó una gran cicatriz roja donde ya no salió más el pelo. Esta cicatriz me valió el nombre de Pedro el Rojo, nombre odioso y tan estrafalario como si lo hubiera inventado un mono. Es como si sólo me distinguiera por esa cicatriz de aquel otro mono de nombre Pedro que era bastante popular en algunas partes y que, hace poco, estiró la pata. Esto sea dicho de pasada. El segundo disparo me alcanzó por debajo de la cadera. Era grave y tiene la culpa de que aún hoy cojee un poco. El otro día leí en un artículo de uno de los diez mil lebreles que las emprenden conmigo desde sus periódicos, que mi naturaleza simiesca aún no ha sido del todo eliminada. Como prueba aduce que cuando tengo visita, suelo quitarme los pantalones para mostrar el sitio de entrada de la bala. A este tipo sí que habría que pegarle un balazo en cada dedo de la mano con que escribe. Yo puedo quitarme los pantalones ante quien me dé la gana. No se verá más que un pelaje exquisitamente cuidado y la cicatriz dejada por un disparo criminal. No hay lugar a equívocos; todo está claro como el agua; no hay nada que ocultar. Cuando se trata de esclarecer la verdad, un hombre magnánimo prescinde de los modales. Naturalmente, si aquel chupatintas se quitase los pantalones ante sus visitantes, sería harina de otro costal; el que no lo haga lo quiero interpretar como un signo de buen juicio. Pero entonces que no me dé tampoco a mí la lata con sus suspicacias. Después de que sonaron los tiros me desperté —y aquí empiezan a aflorar mis propios recuerdos—, me desperté en una jaula ubicada en la cubierta de un vapor Hagenbeck. No tenía barrotes por los cuatro costados sino sólo por tres, porque por un lado estaba adosada a un cajón de madera. Es decir que el cajón formaba la cuarta pared. La jaula era demasiado baja para estar en pie y demasiado angosta para estar sentado en el suelo. Por esto quedé en cuclillas; las rodillas me temblaban todo el tiempo. Al principio no quería ver a nadie y mantenía la cara vuelta hacia el cajón mientras que los barrotes, por atrás, se me clavaban en la carne. Se considera que, en un primer tiempo, es conveniente mantener a los animales de esta manera; con la experiencia que a mí me fue dado vivir, no puedo negar que, desde cierto punto de vista, esto es cierto.

Pero en aquel entonces no pensaba así. Por primera vez en mi vida me encontraba en un callejón sin salida. Por lo menos sin salida hacia adelante, pues ahí estaba el cajón con sus tablas bien puestas una al lado de la otra. Cuando me di cuenta de que entre tablón y tablón había unas ranuras estallé, en mi ignorancia, en verdaderos aullidos de júbilo. Claro que las ranuras eran tan estrechas que no pasaba ni el rabo y ni con todas mis fuerzas las lograba ensanchar.

Como se me dijo más tarde, he sido excepcionalmente poco ruidoso, por lo que se pensó que o moriría pronto o, si lograba sobrevivir, sería un buen sujeto para ser amaestrado. Sobreviví. Llorar sordamente para mis adentros, espulgarme, lamer desganadamente una nuez de coco, golpear la pared de madera con el cráneo, enseñar los dientes a quien se me acercara, estas eran las primeras ocupaciones de mi nueva vida. En medio de todo, una única certeza: no hay salida. Hoy ya sólo puedo describir mediante palabras humanas lo que entonces sentí. La palabra humana distorsiona mi vieja verdad de mono, que a mí mismo se me escapa; pero, eso sí, mi palabra apuntará en dirección a esa verdad. Hasta aquí siempre había habido salida; ahora no. Estaba cogido. Si me hubieran clavado en el sitio, no por eso me habría podido mover menos. ¿Por qué? Aunque te rasques entre los dedos de los pies hasta la sangre, no hallarás la explicación. Aunque te claves los barrotes hasta casi partirte en dos, no hallarás la explicación. No había salida pero la tenía que encontrar; la vida se me iba en ello. Siempre de cara contra la pared, me moriría. Pero en Hagenbeck el sitio de un mono es de cara contra la pared. Así que había que dejar de ser mono. Era un razonamiento claro y sencillo que debo haber gustado en el vientre, pues los monos piensan con el vientre.

Temo que no se entienda bien lo que quiero decir con la palabra «salida». Uso la palabra en su sentido más común y estricto. Con toda intención no digo «libertad», aquella gran libertad en todas direcciones que, siendo mono quizá no me era desconocida. Sé de personas que la anhelan. Pero en lo que se refiere a mí, no la pedía ni entonces ni hoy. De paso sea dicho: los hombres fácilmente se engañan con eso de la libertad. Así como el sentimiento de la libertad es uno de los más sublimes, el engaño que engendra también es supino. Antes de salir a escena me gusta observar a los trapecistas allí en lo alto. Se lanzan, se mecen, saltan, vuelan el uno a los brazos del otro, se agarran con los dientes por los pelos... «también esto es libertad de hombres, pienso, movimiento soberano». ¡Oh caricatura de la sacrosanta madre naturaleza! La carpa se vendría abajo por las carcajadas de los monos libres si vieran semejante espectáculo.

No, yo no quería libertad. Sólo una escapatoria; a la derecha, a la izquierda; por donde fuera. Yo no ponía condiciones; aceptaba cualquier salida, aunque no fuera más que un engaño; lo que pedía no era gran cosa, el engaño no sería mucho mayor. ¡Salir adelante, salir adelante! Todo menos quedarse parado con los brazos en alto y pegado a los tablones de un cajón.

Hoy lo veo con claridad: no habría encontrado la salida sin una enorme calma interior. Todo lo que he llegado a ser se lo debo a esa calma. Me invadió después de los primeros días en el barco y probablemente se la debo a la gente que había a bordo. A pesar de todo era gente buena. Todavía hoy resuenan en mí sus pisadas, que percibía en mi semisueño. Todo lo hacían con lentitud. Para frotarse los ojos, levantaban la mano como si fuera una pesa. Sus bromas eran groseras pero cordiales. Sus risas estaban siempre mezcladas con una tosecilla que podía parecer alarmante pero que no tenía mayor importancia. Siempre removían algo en la boca que luego escupían no importaba donde. Solían protestar por mis pulgas, que los asaltaban, pero no me lo tomaba a mal, pues sabían que en mi pellejo se crían pulgas y que estos animalitos saltan. Con saber esto se conformaban. Cuando estaban de asueto solían sentarse en semicírculo alrededor de mí. Apenas hablaban, sólo farfullaban algunas palabras. Tumbados sobre cajones fumaban sus pipas. Al menor movimiento mío se daban palmadas en los muslos, y de cuando en cuando alguno cogía un palo y me hacía cosquillas donde podría ser de mi agrado. Si hoy se me invitara a hacer una travesía en aquel barco, ciertamente diría que no, pero también es cierto que no serían detestables todos los recuerdos que evocaría.

La calma que adquirí en medio de esa gente me preservó de hacer cualquier intentona de fuga. Había barruntado que, si quería vivir, tenía que encontrar una salida, pero que esta salida no consistía en la fuga. No sé si una fuga habría sido factible, pero quiero creer que sí; un mono siempre debe poder fugarse. Con mi dentadura de hoy apenas puedo ya cascar una nuez, pero entonces debería haber sido capaz de cascar la cerradura poco a poco. No lo hice. ¿Qué habría ganado? Apenas sacada la cabeza, me habrían atrapado y encerrado en una jaula peor. Quizá habría alcanzado a refugiarme en la jaula de serpientes gigantes que tenía enfrente, pero sólo habría sido para expirar en su mortal abrazo. O, a lo mejor, habría llegado hasta la barandilla para saltar al mar. ¿Y qué? Me habría mecido un rato sobre las olas y luego me habría ahogado. Todo esto habría sido producto de la desesperación. Yo no razonaba tan a la manera humana, pero bajo la influencia de mi entorno me comportaba como si razonara.

No razonaba, pero sí observaba. Veía cómo aquellos hombres iban y venían. Siempre las mismas caras, los mismos movimientos. A veces me creía que todos eran un solo hombre. Ese hombre o esos hombres andaban sin que nadie les estorbara. Un alto objetivo comenzó a alborear en mis entrañas. Nadie me prometió que si me volvía como ellos se levantarían las rejas. No se hacen promesas a cuenta de un imposible. Pero si lo imposible se hace realidad, entonces sí que aparecen las promesas justamente allí donde uno las había buscado vanamente. No había nada en aquellos hombres que me atrajera especialmente. Si yo fuera un fanático de lo que antes he llamado «libertad», de seguro que hubiera preferido el salto al océano que no seguir el derrotero que vislumbré en la turbia mirada de aquellos hombres. Los había estado observando mucho antes de comenzar a rumiar estas cosas y el acopio de mis observaciones me empujaba en la dirección que finalmente adopté.

Era tan fácil imitar a aquella gente. Ya en los primeros días aprendí a escupir. Nos escupíamos mutuamente a la cara; con la única diferencia de que yo después me lamía la cara para limpiarme y ellos no. Pronto fumaba en pipa como un viejo; cuando metía el pulgar en la cabeza de la pipa como para aplastar el tabaco, todos se tronchaban de risa. Pero durante mucho tiempo no comprendí la diferencia entre una pipa vacía y una pipa cargada.

Lo que más trabajo me costaba era la botella de aguardiente. El olor era insoportable. Por mucho que me esforzara, tardé semanas en familiarizarme con ella. Es extraño, pero la gente tomaba esas luchas internas más en serio que cualquier otra cosa mía. En mi memoria ya no los distingo a unos de otros, pero había uno que siempre venía a mi jaula, solo o acompañado, de día o de noche, a las horas más intempestivas. Se plantaba delante de mí, botella en mano, con el propósito de enseñarme. El hombre no me entendía y quería descifrar el enigma de mi ser. Descorchaba lentamente la botella y me miraba para ver si yo había comprendido. Debo confesar que le observaba siempre con una atención salvaje. Ningún maestro humano encontrará jamás un discípulo tan ávido de aprender como yo. Una vez descorchada la botella, el hombre la llevaba a la boca; la sigo con la vista hasta el gaznate. De momento, se contenta con esto. Luego lleva la botella otra vez a los labios. Yo le miro entusiasmado, me rasco locamente a todo lo largo y ancho de mi cuerpo. También él se entusiasma, empina la botella otra vez y, por fin, toma un trago. Yo, impaciente y frenético por imitarle, me hago una necesidad encima; él suelta la risotada. Ahora mantiene la botella lejos de sí, se echa teatralmente hacia atrás y acerca la botella con un amplio movimiento a la boca. La vacía de un trago. Yo, rendido de tanta atención, ya no le puedo seguir, sin fuerzas cuelgo de la reja. Y mi maestro pone fin a la clase teórica frotándose la barriga con una amplia sonrisa de conejo.

Entonces comienza el ejercicio práctico. Me temo que la lección teórica me ha agotado demasiado. En efecto, estoy desfallecido pero esto forma parte de mi sino. Estiro como puedo la mano y agarro la botella; la descorcho temblando. Con el éxito me vienen nuevas fuerzas. Levanto la botella como mi maestro, la llevo a los labios y... con horror la lanzo al suelo. Estaba vacía pero el olor había quedado dentro. La tiré, para gran disgusto de mi maestro y de mí mismo. A ninguno de los dos nos servía de consuelo que, después de haber tirado la botella, no olvidara de frotarme la barriga y de sonreír con cara de conejo.

La lección se repetía una y otra vez y siempre con el mismo resultado. En honor de mi maestro sea dicho que él no se enfadaba conmigo, si bien de cuando en cuando me chamuscaba el pellejo con su pipa encendida, pero él mismo apagaba luego la quemazón con su enorme y bondadosa mano. No, no me lo tomaba a mal. Comprendió que codo a codo luchábamos contra la naturaleza salvaje y que yo llevaba la peor parte. ¡Pero qué triunfo para él y para mí cuando una tarde ante un gran corro de espectadores —quizá había una fiesta pues sonaba el gramófono y un oficial se paseaba entre la tripulación— cuando cogí una botella de aguardiente que alguien en un descuido había dejado delante de mi jaula, la descorché diestramente ante el creciente asombro de los presentes, la llevé a la boca y sin titubear, sin una mueca de disgusto, como un bebedor de categoría, con los ojos puestos en blanco y el gaznate subiendo y bajando, la vacié entera! Luego tiré la botella, pero ya no como un desesperado, sino como un artista consumado. Al final, me olvidé de frotarme la barriga pero, en cambio —sin saber cómo ni a santo de qué—, solté un sonoro «¡Hola!» Este vocablo me abrió el camino a la comunidad humana. «¡Escuchad, dijeron, "el mono habla!"», y el halago sentó como un beso sobre mi cuerpo sudoroso.

Repito: no deseaba emular a los hombres; los emulaba en busca de una salida. Este era mi deseo y ningún otro. Por otra parte, con aquel triunfo aún no había logrado gran cosa. La voz me fallaba y sólo al cabo de unos meses la volví a recuperar. La aversión a la botella se hacía todavía más fuerte si cabe, pero la dirección en la que yo tenía que avanzar estaba dada.

Cuando en Hamburgo me entregaron a mi primer adiestrador, pronto reconocí las dos posibilidades que se me brindaban: jardín zoológico o *music-hall*. No vacilé. Me decía: pon todo tu empeño en introducirte en el *music-hall*. Allí está la salida. El zoo no es sino otra jaula; si te meten allí, estás perdido. Y aprendí, señores. Vaya si se aprende cuando se busca una salida. Se aprende sin regatear esfuerzo alguno, sin conmiseración consigo mismo. Uno se vigila a sí mismo con el látigo, dispuesto a dejarse en carne viva antes de claudicar. Mi naturaleza de mono salió de mí como una exhalación. Mi primer maestro casi se vuelve mico y tuvo que dejar las clases. Le internaron en un manicomio del que, por suerte, pronto salió.

Pero yo consumí muchos maestros, incluso varios a la vez. Cuando ya me sentía más seguro de mis capacidades, el público me festejaba y el futuro comenzó a brillar para mí, yo mismo me imponía los maestros. Los instalé en cinco habitaciones consecutivas y aprendí simultáneamente con todos ellos, corriendo de habitación en habitación. ¡Qué progresos! Los rayos del saber penetraron desde todas partes en mi cerebro alucinado. Y no lo niego: me sentía feliz. Pero también debo advertir que no le daba demasiada importancia, ni siquiera entonces, y mucho menos hoy. Mediante un esfuerzo hasta ahora único en el mundo he asimilado la cultura media de un europeo. Esto en sí quizá no sea nada, pero sí es algo porque me liberó de la jaula y me brindó la única salida posible: la de los hombres. Hay un dicho alemán que dice: «escurrirse por entre los matorrales». Esto es lo que yo hice. No tenía otra salida ya que la libertad me estaba negada.

Si ahora echo un vistazo panorámico sobre mi evolución y sobre lo que he logrado hasta el momento, ni me quejo ni me encandilo. Las manos en los bolsillos del pantalón, la botella de vino delante de mí, me columpio en mi mecedora de cara a la ventana. Si viene una visita, la recibo con todas las de la ley. Tengo a mi empresario sentado en la antesala; si toco el timbre viene para escuchar lo que le tenga que decir. Por la noche casi siempre hay función. Mis triunfos ya no pueden ser más sonados. Si por la noche regreso tarde de algún banquete, de alguna reunión de científicos o de alguna velada entre amigos, en casa me espera una pequeña chimpancé semiamaestrada. Juntos lo pasamos bien a la manera de los monos. De día no la quiero ver porque tiene la mirada confusa y extraviada del animal en cautiverio. Sólo yo lo sé ver y no lo soporto.

En todo caso y en resumidas cuentas, he logrado lo que quería. No se diga que no valía la pena. Por lo demás, no quiero ser juzgado por los hombres. Sólo me interesa difundir conocimientos. Únicamente informo y también a vosotros, excelentísimos académicos, sólo os he informado, y nada más.

MEDITACIONES

CONSIDERACIONES SOBRE EL PECADO, EL SUFRIMIENTO, LA ESPERANZA Y EL CAMINO VERDADERO[25]

1. El camino verdadero se extiende a lo largo de una cuerda que no está tensada a cierta altura, sino muy cerca del suelo. Seguro que parece hecha más para tropezar que para andar.

2. Todos los fallos humanos son impaciencia, una prematura interrupción de lo metódico, una aparente clasificación de la cosa aparente.

3. Hay dos pecados humanos principales, de los que se derivan todos los demás: impaciencia e indolencia. Por la impaciencia fueron expulsados del Paraíso; por la indolencia no regresan.

4. Muchas sombras de los difuntos se afanan en beber cuando suben las mareas del Río de los Muertos, porque éste viene de nosotros y aún posee el salado sabor de nuestros mares. Entonces se eriza de asco el río, aprovecha una corriente que vaya hacia atrás y devuelve a los muertos de nuevo a la vida. Pero ellos están contentos, entonan canciones de acción de gracias y apaciguan al indignado.

5. A partir de un cierto punto ya no hay ningún retorno. Este punto ha de corregirse.

6. El momento decisivo del desarrollo humano es perpetuo. Por ello llevan razón los movimientos revolucionarios intelectuales al explicar todo lo anterior como nulo, pues aún no ha ocurrido nada.

7. Uno de los métodos más eficaces de seducción del Mal es la invitación a la lucha.

8. Es ésta como la lucha con las mujeres, que siempre termina en la cama.

---

[25] Seguimos aquí el orden confeccionado por el propio Kafka, tal y como fue escrito por él —si bien sin título— a tinta en hojas sueltas. Adoptamos también la numeración de los aforismos tal y como fue marcada por él mismo. *(N. del T.)*

9. A. está muy henchido, cree haber avanzado mucho en el Bien, pues se encuentra, aparentemente, como un objeto siempre atrayente, expuesto a cada vez más tentaciones que proceden de direcciones hasta ahora desconocidas para él.

10. Pero la explicación correcta es que un gran demonio se ha apoderado de él y que un sinnúmero de pequeños acude para servir al grande.

11/12. Diferencia de las opiniones que se pueden tener sobre una manzana: la opinión del niño pequeño, que tiene que alargar el cuello para apenas poder ver la manzana sobre la mesa, o la opinión del señor de la casa, que toma la manzana y libremente se la da al comensal.

13. La primera señal de un incipiente conocimiento es el deseo de morir. Esta vida parece insoportable; otra, inalcanzable. Ya no se avergüenza de querer morir; se suplica desde la vieja celda que se odia, ser trasladado a otra nueva, que se aprenderá a odiar también. Un resto de fe actúa aquí: durante el transporte aparecerá casualmente por el pasillo el Señor, observará al detenido y dirá: «A éste no debéis volver a encerrarle. Que venga a mí.»

14. Si fueras por una llanura, quisieras avanzar, y retrocedieras, sería desesperante; pero como trepas por una pronunciada pendiente, más o menos tan pronunciada como tú mismo, se te ve desde abajo; el retroceso sólo puede producirlo la naturaleza del suelo, y no tienes que desesperarte.

15. Como un camino en otoño: apenas ha sido barrido, vuelve a cubrirse con las hojas secas.

16. Una jaula fue a buscar un pájaro.

17. Nunca he estado en este lugar: de otra manera va el aliento, más brillante que el sol luce a su lado una estrella.

18. Si hubiera sido posible construir la Torre de Babel sin subir a ella, se hubiera permitido.

19. No dejes que el Mal te crea, podrían tener secretos ante él.

20. Leopardos irrumpen en el templo y se beben y vacían los jarros de los sacrificios; esto se repite siempre; finalmente, se puede prever y se convertirá en una parte de la ceremonia.

21. Tan fuerte como la mano sujeta la piedra, pero la sujeta fuerte sólo para poderla lanzar más lejos. Pero también por aquella lejanía va el camino.

22. Tú eres el deber. Ningún Escolar a lo largo y a lo ancho.

23. Del auténtico enemigo deriva un valor ilimitado hacia ti.

24. Comprender la suerte, que el suelo sobre el que estás no puede ser más grande de lo que cubren los dos pies.

25. ¿Cómo se puede alegrar uno del mundo, menos cuando se escapa hacia él?

26. Los escondrijos son innumerables, la salvación sólo una, pero las posibilidades de salvación son también tantas como escondrijos.

Hay una meta pero ningún camino; lo que nosotros llamamos camino es duda.

27. También se nos obliga a hacer lo negativo; lo positivo ya se nos da hecho.

28. Una vez que no se ha aceptado el Mal ya no exige éste que se le crea.

29. Las intenciones con las que aceptas en ti el mal no son las tuyas, sino las del mal.

El animal arranca de las manos el látigo al amo y se fustiga él mismo para convertirse en amo, y no sabe que esto es sólo una fantasía producida por un nuevo nudo en la correa del látigo.

30. Lo bueno está en cierto sentido desconsolado.

31. No aspiro al autodominio. Autodominio es querer influir en un lugar causal de las interminables radiaciones de mi existencia espiritual. Pero si tengo que trazar semejantes círculos a mi alrededor, entonces lo hago mejor inactivo en la simple contemplación del monstruoso complejo y me llevo a casa el robustecimiento que «a contrario»[26] produce esta contemplación.

32. Las cornejas afirman que una sola corneja podría destruir el cielo. Esto es indudable, pero no demuestra nada contra el cielo, pues los cielos significan precisamente: imposibilidad de las cornejas.

---

[26] Así en el original. *(N. del T.)*

33. Los mártires no menosprecian el cuerpo, dejan que sea elevado a la cruz. En ello coinciden con sus enemigos.

34. Su desfallecimiento es el del gladiador después de la lucha; su trabajo era el de hacer bulto en un rincón de una oficina de funcionarios.

35. No hay ningún haber, sólo un ser, sólo un ser demandando un último suspiro, un ahogo.

36. Antes no comprendía por qué no recibía ninguna respuesta a mi pregunta; hoy no comprendo cómo pude creer que podía preguntar. Pero yo no creía, sólo preguntaba.

37. También él tenía una respuesta a la afirmación, era sólo temblor y golpes de pecho.

38. Uno se asombraba de lo fácil que andaba el camino de la eternidad; es que en realidad lo bajaba.

39 a) Al cual no se le puede pagar a plazos, y lo intenta sin parar.

Sería imaginable que Alejandro Magno, a pesar de los éxitos militares de su juventud, a pesar del extraordinariamente instruido ejército, a pesar de las fuerzas dirigidas a cambiar el mundo que notaba dentro de sí, se hubiera atascado en el Helesponto y nunca lo hubiera invadido, y no por miedo, ni por indecisión, ni por flaqueza de voluntad, sino por pesadez terrenal.

39 b) El camino es interminable, no se le puede restar nada, no se le puede sumar nada y, sin embargo, todos conservan su vara de medida infantil. «Cierto, todavía tienes que andar esta vara del camino, no se te olvidará.»

40. Sólo nuestra concepción de tiempo nos permite llamar al Juicio Final así; en realidad, es un derecho de clase.

41. La desproporción del mundo parece ser, por fortuna, sólo numérica.

42. Reposar sobre el pecho la cabeza llena de asco y de odio.

43. Todavía juegan los perros de casa en el patio; sin embargo, no se les escapa la caza, a pesar de que ya corre por el bosque.

44. Te has enjaezado ridículamente para este mundo.

45.   Cuantos más caballos enganches más rápido va; es decir, no arrancar el bloque de la base, lo que es imposible, sino romper las correas y con ello la marcha totalmente libre.

46.   La palabra «ser» significa ambas cosas en alemán: existencia y pertenencia[27].

47.   Se les ofreció la elección de ser reyes o ser correos de los reyes. Como los niños, quisieron ser todos correos. Por ello hay tantos correos, van por el mundo y se gritan unos a otros, puesto que hay reyes, las noticias que han perdido su sentido. A gusto pondrían fin a su miserable vida, pero no osan hacerlo a causa del juramento de servicio.

48.   Creer en los avances no significa creer que ya se ha producido un avance. Eso no sería creer.

49.   A. es un virtuoso y el cielo es su testigo.

50.   El hombre no puede vivir sin una confianza duradera en algo indestructible en sí, si bien pueden quedarle permanentemente ocultos tanto lo indestructible como la confianza. Otra de las posibilidades de manifestación de este permanecer oculto es la fe en un dios personal.

51.   Necesitaba de la mediación de la serpiente: el mal puede seducir al hombre, pero no convertirse en hombre.

52.   No se debe engañar a nadie, tampoco al mundo acerca de su triunfo.

53.   En la lucha entre tú y el mundo, secunda al mundo.

54.   No existe nada más que un mundo espiritual; lo que nosotros llamamos mundo sensible, es el mal en el espiritual, y lo que nosotros llamamos malo es sólo la necesidad de una pausa en nuestro desarrollo espiritual.

Con la luz más fuerte se puede disolver el mundo. Ante ojos débiles se endurece, ante los aun más débiles tiene puños, ante los aún más débiles se vuelve vergonzoso, y destroza a aquel que osa mirarle.

55.   Todo es engaño: buscar la medida mínima de los engaños, permanecer en lo usual, buscar la medida máxima. En el primer caso

---

[27]   El verbo «sein» alemán, al igual que el español, significa ser o estar. De ahí el doble sentido de existencia y pertenencia. *(N. del T.)*

se engaña al bien, al querer hacer las adquisiciones de éste demasiado fáciles; al mal, al querer situarle en unas condiciones para la lucha demasiado adversas. En el segundo caso se engaña al bien, al no buscarlo tan siquiera una sola vez en lo terrenal. En el tercer caso se engaña al bien, al alejarse lo más posible de éste; al mal, al esperar dejarle sin fuerza mediante su aumento máximo. Según esto, habría que preferir el segundo caso, pues siempre se engaña al bien, no al mal en este caso, por lo menos según las apariencias.

56.   Hay preguntas que no podríamos superar, si nos viéramos por naturaleza libres de ellas.

57.   El lenguaje puede ser utilizado indicativamente para todo, excepto para el mundo sensitivo, pero nunca siquiera comparativamente, puesto que el lenguaje, de acuerdo con el mundo sensible, sólo trata de la posesión y sus relaciones.

58.   Se miente lo menos posible, sólo cuando se miente lo menos posible, no cuando se tiene las menos oportunidades para ello.

59.   Un escalón que no se halle profundamente socavado por los pasos es, visto en sí mismo, nada más que un árido conglomerado de maderas.

60.   El que renuncia al mundo tiene que querer a todos los hombres, pues renuncia también a su mundo. Por ello comienza a intuir el auténtico ser humano, que no puede ser más que querido, descontando, que se sea igual a éste.

61.   El que dentro del mundo quiere a sus semejantes, no hace ni más ni menos injusticia, que si dentro del mundo se quiere a sí mismo. Sólo quedaría la pregunta de si lo primero es posible.

62.   La realidad de que no hay otra cosa más que un mundo espiritual, nos quita la esperanza y nos da la certeza.

63.   Nuestro arte es una existencia deslumbrada por la verdad: la luz sobre la cara haciendo muecas que retrocede es auténtica, nada más.

64/65.   La expulsión del Paraíso es eterna, en su parte esencial: así, la expulsión del Paraíso es definitiva, la vida en el mundo ineludible, la eternidad del proceso (o expresado temporalmente: la eterna repetición del proceso) hace posible, a pesar de todo, que no sólo pudiéramos quedarnos continuamente en el Paraíso, sino que en realidad estamos continuamente allí, indiferentemente de que nosotros lo sepamos o no.

66/67.   Él es un libre y asegurado ciudadano del mundo, pues está sujeto a una cadena suficientemente larga para darle acceso a todos los espacios terrestres, y sin embargo, no lo bastante larga que le puede arrastrar nada fuera de los límites del mundo. Pero al mismo tiempo es un libre y asegurado ciudadano del cielo, pues se encuentra sujeto a una cadena celestial semejante. Quiere ir a la tierra, le estrangula el collar del cielo, quiere ir al cielo, el de la tierra. Y a pesar de ello tiene todas las posibilidades y lo siente; sí, incluso se niega a remitir todo a un fallo en el primer encadenamiento.

68.   ¡Qué es más alegre que la fe en un dios de la casa!

69.   Teóricamente hay una completa posibilidad de felicidad: creer en lo imperecedero, en uno mismo y no buscarlo.

70/71.   Lo indestructible es uno; cada hombre en sí lo es y al mismo tiempo es común a todos, de ahí la sin par indivisible unión de los hombres.

72.   En el mismo hombre existen conocimientos, que en una absoluta diferencia tienen el mismo objeto, de manera que sólo hay que volver a concluir sobre diferentes sujetos en el mismo hombre.

73.   Come los desperdicios de la propia mesa, con ello está satisfecho un ratito más que los demás, pero olvida comer de la mesa; pero con ello terminan también los desperdicios.

74.   Si aquello que se supone que se destruyó en el Paraíso era destructible, entonces no era definitivo; pero si era indestructible, vivimos entonces en una falsa creencia.

75.   Mídete con la humanidad. Hace dudar al que duda y creer al creyente.

76.   Este sentimiento: «Aquí no echo anclas», e inmediatamente sentir alrededor de uno la fluctuante y arrastrante marea. Una peripecia. A la escucha, con miedo, esperanzada se arrastra la pregunta alrededor de la respuesta, busca desesperadamente en su inabordable rostro, le sigue a lo más absurdo, es decir, los caminos que más se aparten de la respuesta.

77. El trato con los hombres induce a la autocontemplación.

78. El espíritu se libera sólo cuando deja de ser apoyo.

79. El amor sensual confunde sobre el celestial; solo no podría, pero sin saberlo tiene el elemento del amor celestial, puede hacerlo.

80. La verdad es indivisible, así pues no se puede reconocer a sí misma; quien quiera reconocerla, tiene que ser mentira.

81. Nadie puede exigir lo que le daña en último término. Pero si tiene esta apariencia en cada hombre —y probablemente la tenga siempre— se explica esto como que alguien exige algo en el hombre, que le sirve a ese alguien, pero daña profundamente a un segundo alguien que es medio arrastrado para el juicio del caso. Si el hombre se hubiera colocado al principio, y no en el juicio, al lado del segundo alguien, se hubiera apagado el primer alguien y con él la exigencia.

82. ¿Por qué nos quejamos por el Pecado Original? No es por su culpa por lo que hemos sido expulsados del Paraíso, sino por el árbol de la vida, para que no comamos de él.

83. No sólo somos pecadores por haber comido del árbol del conocimiento, sino también porque todavía no hemos comido del árbol de la vida. Pecaminoso es el estado en que nos encontramos, independiente de la culpa.

84. Fuimos creados para vivir en el Paraíso. El Paraíso está destinado a servirnos. Nuestro destino ha sido cambiado; no se dice que también esto haya ocurrido con el destino del Paraíso.

85. El mal es un reflejo de la conciencia humana en determinadas actitudes de transición. En realidad el mundo espiritual no es brillo, sino su mal, que ciertamente constituye para nuestros ojos el mundo espiritual.

86. Desde el Pecado Original tenemos la misma aptitud en lo esencial para reconocer el bien y el mal, a pesar de ello buscamos aquí nuestras ventajas especiales. Pero es más allá de este conocimiento donde comienzan las diferencias auténticas. El brillo contrario es determinado por lo siguiente: nadie se puede contentar sólo con el conocimiento, sino que tiene que esforzarse por actuar conforme a éste. Pero para ello no le ha sido dada la fuerza, por ello tiene que destruirse, incluso con el peligro de no obtener así la fuerza suficiente,

pero no le queda nada más que este último intento. (Es este el sentido de la amenaza de muerte en la prohibición de comer del árbol del conocimiento; tal vez también sea este el sentido primitivo de la muerte natural). Pero ahora se asusta ante este intento; prefiere hacer retroceder el conocimiento del bien y del mal (la denominación «Pecado Original» se refiere a este miedo); pero lo ocurrido no puede ser vuelto atrás, sólo empañado. Para este fin nacen las motivaciones. El mundo entero está lleno de éstas; sí, todo el mundo visible tal vez no sea más que una motivación del hombre que quiere un instante de descanso. Un intento de falsear la realidad del conocimiento, hacer del conocimiento el objetivo.

87.   Una fe como una guillotina, tan pesada, tan ligera.

88.   La muerte está delante de nosotros, como en el aula del colegio, en un cuadro de la batalla de Alejandro. Se trata de oscurecer con nuestras acciones todavía en esta vida el cuadro o apagarlo por completo.

89.   El hombre tiene voluntad libre, de tres clases: En primer lugar, era libre cuando quiso esta vida; ahora ya no puede retractarse, pues ya no es aquel que entonces la quiso, a no ser que desarrolle su deseo de entonces mientras que vive.

En segundo lugar es libre en tanto que puede elegir la forma de andar y el camino de esta vida.

En tercer lugar es libre en tanto que él como aquel que volverá a ser otra vez, tiene el deseo de andar por la vida bajo cualquier condición y de esta manera ser él, si bien por un camino elegible, pero en todo caso tan laberíntico que no deja sin torcer ni el más mínimo aspecto de esta vida.

Estas son las tres clases de voluntad libre, pero también es, pues es simultánea, una uniformidad y es en el fondo tan uniformidad que no hay sitio para un deseo, ni libre ni esclavo.

90.   Dos posibilidades: hacerse interminablemente pequeño o serlo. Lo segundo es acabamiento, es decir, inactividad: lo primero comienzo, es decir, acción.

91.   Para evitar una confusión de palabras: lo que tiene que ser activamente destruido, tiene que haber sido muy sujeto con anterioridad; lo desmenuzado, desmenuzado, pero no puede ser destruido.

92. La primera adoración a los dioses fue con certeza miedo ante las cosas, pero junto con esto, miedo ante la necesidad de las cosas y miedo ante la responsabilidad por las cosas. Tan enorme parecía esta responsabilidad que no se osaba cargar con ella a ningún extrahumano, pues ni siquiera con la intercesión de un ser se habría aligerado la responsabilidad humana; el contacto con un solo ser estaría todavía muy manchado de responsabilidad, por ello se dio a cada cosa la responsabilidad de sí misma; aun más, se dio a esas cosas, además, una cierta responsabilidad por los hombres.

93. ¡Por última vez psicología!

94. Dos tareas del comienzo de la vida: reducir tu círculo cada vez más y comprobar una y otra vez si no te mantienes escondido en algún lugar fuera de tu círculo.

95. A veces, el mal está en la mano como una herramienta, conocida o desconocidamente; si se tiene el deseo, se deja colocar a un lado sin protesta alguna.

96. Las alegrías de esta vida no son las suyas, sino nuestro miedo ante la subida a una vida más alta; los tormentos de esta vida no son los suyos, sino nuestro autotormento por aquel miedo.

97. Sólo aquí el sufrimiento es sufrimiento. No es que aquellos que sufren aquí deban ser elevados en otra parte por este sufrimiento, sino que aquello que se llama en este mundo sufrir, es en otro mundo, sin cambios y solamente liberado de su antítesis, santidad.

98. La idea de la infinita magnitud y plenitud del cosmos es el resultado de la mezcla exagerada al máximo de una trabajosa creación y de un libre conocimiento.

99. Mucho más abrumador que el convencimiento más amargo acerca de nuestro actual estado pecaminoso, es incluso el más leve convencimiento de la antigua y eterna justificación de nuestra temporalidad. Sólo la fuerza en soportar este segundo convencimiento, que en su limpieza engloba completamente el primero, es la medida de la fe.

Algunos creen que al lado del gran engaño original todavía se organiza en cada caso un pequeño y especial engaño para ellos exclusivamente, es decir, que cuando se representa en escena una obra de amor, la actriz, además de la falsa sonrisa para su amante, tiene una especial e insidiosa sonrisa para determinado espectador en el gallinero. Esto es ir demasiado lejos.

100. Puede haber un conocimiento de lo diabólico, pero ninguna fe en ello, pues más diabólico que lo que es esto no hay nada.

101. El pecado viene siempre abiertamente y es inmediatamente comprensible por los sentidos. Va a sus raíces y no debe ser arrancado.

102. Todos los sufrimientos a nuestro alrededor los tenemos que sufrir nosotros también. Todos nosotros no tenemos un cuerpo, sino un desarrollo, y eso nos conduce a través de todos los dolores, en esta o aquella forma. Al igual que el niño se desarrolla a través de todas las etapas de vida hasta la senilidad y la muerte (y aquella etapa parece inalcanzable para la anterior en exigencia o en temor), igualmente nos desarrollamos nosotros (no menos unidos con la humanidad que con nosotros mismos) a través de todos los sufrimientos de este mundo. Para la justicia no hay sitio en esta relación, pero tampoco para el temor ante los sufrimientos o para la interpretación del sufrimiento como un merecimiento.

103. Puedes mantenerte apartado de los sufrimientos de este mundo, esto te está permitido y corresponde a tu naturaleza, pero tal vez sea este mantenerse apartado el único sufrimiento que puedas evitar.

105[28]. El medio de seducción de este mundo como la fianza para ello, que este mundo sólo es un paso, es el mismo. Con derecho, pues sólo así nos puede seducir este mundo y corresponde a la verdad. Pero lo peor es que tras una seducción conseguida olvidamos la fianza y así, en realidad, nos ha atraído el bien al mal, la mirada de una mujer a su cama.

106. La humanidad da a todos, también al desesperado solitario, la relación más fuerte para con el semejante, y además inmediatamente, si bien con una duradera y total humildad. Puede conseguir esto porque es el auténtico lenguaje de la oración, al mismo tiempo adoración y la más fuerte comunicación.

La relación con el semejante es la relación de la oración, la relación hacia sí la relación de la búsqueda; de la oración se saca la fuerza para la búsqueda.

---

[28] Falta el 104 en el original. *(N. del T.)*

¿Puedes conocer otra cosa aparte del engaño? Si alguna vez se destruye el engaño no debes mirar o te convertirás en estatua de sal.

107.   Todos son muy amistosos con A., más o menos igual que cuando se intenta guardar un extraordinario billar incluso de buenos jugadores, hasta tanto que venga el gran jugador, inspeccione la mesa, no soporte ningún fallo prematuro, pero entonces, cuando empiece a jugar él mismo, se desfogue de la manera más descuidada.

108.   «Pero entonces regresó a su trabajo como si no hubiera ocurrido nada.» Es esta una observación, que nos es familiar por una oscura suma de viejas narraciones, a pesar de que no aparezca en ninguna.

109.   No se puede decir que nos falte fe. Sólo la sencilla realidad de nuestra vida no se puede agotar en su valor de la fe. ¿Aquí sería valor de la fe? No se puede no-vivir. Justo en ese «no se puede no» se esconde la demencial fuerza de la fe; en esta unión recibe forma.

No es necesario que te vayas de la casa. Quédate en tu mesa y escucha. Ni siquiera escuches, espera tan sólo. Ni siquiera esperes, estate completamente callado y solo. El mundo se te ofrecerá para desenmascararlo, no puede hacer otra cosa, extasiado se retorcerá ante ti.

ÍNDICE